U0609952

武义文心

顾云霞—— 著

杭州出版社

图书在版编目（CIP）数据

武义文心 / 顾云霞著. -- 杭州：杭州出版社，
2024.1

ISBN 978-7-5565-2367-2

Ⅰ.①武… Ⅱ.①顾… Ⅲ.①散文集－中国－当代
Ⅳ.①I267

中国国家版本馆CIP数据核字（2024）第041065号

Wuyi Wenxin

武义文心

顾云霞　著

责任编辑 李利忠

封面设计 祁睿一

出版发行 杭州出版社（杭州市西湖文化广场32号6楼）

电话：0571-87997719　邮编：310014

排　　版 杭州真凯文化艺术有限公司

印　　刷 杭州佳园彩色印刷有限公司

开　　本 710 mm×1000 mm　1/16

字　　数 200千

印　　张 15

版 印 次 2024年1月第1版　2024年1月第1次印刷

标准书号 ISBN 978-7-5565-2367-2

定　　价 60.00元

（版权所有　侵权必究）

如发现印装质量问题，影响阅读，请与本社发行部联系调换

目录

从前的壶山上街

从前的壶山上街像一片叶子，如果拿把梳子从叶子的底部一直梳到叶尖，南面有朱何巷、刘宅巷、南狮子巷、叶陈巷、横街、何宅巷、顾宅巷、顾宅歧巷、永丰一巷二巷三巷，北面有立水巷、下水巷、酱坊巷、北狮子巷、上水巷、祝宅巷、顾祠后巷、西寺巷。每条巷子都有一个好听的名字，它们是支流，属于叶脉上细小的部分。

从前的壶山上街，又叫上街头，像一个人的乳名。沿着上街头一路走下去，有布店、打铁铺、箍桶店、自行车修理店、糖烟酒店、肉店、医院、裁缝店、私章店、人民照相馆、早晚门市部、弹棉花店、杂货店、大众饭店、冷饮店、废品收购站、百货店、药店、钟表店、水果店、瓷器店、横街的豆腐丸、一中分部的豆腐汤、馄饨铺、理发店、东方红旅馆、第二粮站、榨菜厂、利民酿造厂（酱油厂）、花圈店……

在众多支流中，有两条巷子的名字跟狮子有关——南狮子、北狮子，虽然现实生活中并无狮子的存在，但一南一北两条狮子巷，如深宅大院门前的一对石狮子，守卫着整条街。

南狮子巷的巷口是国营布店。店中央有一座高高的柜台，像戒备森严的城堡。管钱的坐在中央，像城堡的国王，"国王"低头打算盘，发出哐当哐当的声响。"城堡"与四周的柜台连接着一道道绳索，像太阳发出的万道光芒。当店员扯好了布，将票据和钱装进头顶上方的小布袋，小布袋上绑着钢丝夹子，万道光芒如一条条铁轨，"嗖"的一声，它们随着铁轨飞向了城堡，"国王"收钱找零又"嗖"的一声将夹子传回。有时候柜台上挤满了人，每条绳索上都有钢丝夹来来去去。小夹子"嗖"累了，会搁在半路上休息，这时从"城堡"中会探出一把尺子，或拿竹竿的头轻轻一推，就像伸出手拉一把走累的人。

布店也卖毛线。毛线的颜色有四种，有一种紫叫甘蔗紫，是紫皮甘蔗成熟时的颜色，也是最好看的，其次就是藏青、深灰、黑，都是深沉单调的色彩，没有性别与年龄的区分。红色在好多年后才出现，是枣红，同样黯淡、低调。

所有的线团上挂着小标签，标签上有一串数字，是色彩的编号，那叫"缸号"，也就是染缸的编号，标签上除了缸号，还会注明线团的成分，以腈纶为主。腈纶就是人造毛线，脱衣服的时候会有静电。还有一种开司米，比腈纶要细要软，颜色也很单一，土黄色是最常见的。

20世纪80年代的上街头，毛线的颜色永远赶不上花圈的艳丽。每天经过花圈店，我都会往里边看两眼。那一团团红红绿绿，花团锦簇，没有生命逝去的忧伤，只有色彩的铺张。出现在葬礼上的喜庆元素，暗示一切都是最好的安排。

当你穿过整条街，会发现一个人的一生，贯穿一生中的细节都可以在这里实现，从生到死，有一条街就够了。这是一条隐秘的河流。

祝宅巷1号，停放着一口多年未用的棺材，院子里有位老人为将来准备好了一切。他找裁缝制寿衣，是蚕丝的，轻、薄、暖，将来他要用上。这里的老人都有寿衣，冬天有暖阳的时候将寿衣拿出来翻晒，他们还会悄悄穿在身上，披上外套，不让人发现。只有寿衣是不够的，还要有住的地方，于是找最好的木匠，打一口棺材。当一切行囊都打点好了，寿衣，寿帽，连寿帽上的珍珠也镶上了，新做的棺材又黑又亮。万事俱备，只欠东风，祝宅巷的老人迟迟未能躺进去，于是他每年给棺材刷上一道漆，不让油漆脱落，让它光亮如新，让它焕发树木年轻时候的光彩，这样他走的那一天不会因为掉漆而失去颜面。据说在世的时候备好棺材，也就是寿材，会让人增寿，他张罗这一切像张罗一场必然降临的节日，老人每天都在等待节日的降临。

沿街的店铺是传承了几千年的手工世界，工匠的称谓跟店铺有关：打铁的，刻私章的，弹棉花的，剃头的，收废品的，卖水果的，箍桶的……在店铺的后面加个"的"，就成了名字和标签。从事一个职业久了，职业就像一节车厢，成为名字的一部分，紧随其后。

打铁铺，每天都闪着炉光，炉火升起的时候，整个店铺流光溢彩，金光闪闪，锄头在金光闪闪中诞生，然后锄头走向田野，田野一片灿烂。

箍桶匠的女儿是我的同学，他们家子女众多，是著名的"超生游击队"，一家人的生活全靠父亲的一双手，他一辈子都没有松过手。

刻私章的兄弟俩，钟年兴和钟兴旺，弟弟小名叫旺旺，兄弟俩的名字像在接龙。年兴，兴旺，人称"刻私章的"，他们就是后来的"篆刻艺术家"……

上水巷又称茅坑巷。水，上善若水，不知为何却与茅坑有关。关于茅坑巷的来历说法不一。

传说巷中曾有一座露天茅厕，木架子搭在粪缸上，像古时的皇帝，坐北朝南。茅厕没有门，没有遮挡，只有头顶一小片用茅草仓促铺的顶，好像这件事只要不被上苍发现就可以了。如厕时，众生平等，坐那上面，平静地面对周围的一切。

在我的记忆里，巷口有一座露天的小便池，小便池使得小巷不再"上善若水"，它成了整条街上最臭的地方。是露天小便池，改变了一条巷子的命运。

还有一种说法，说从前的上水巷既没有小便池也没有坐北朝南的茅厕，因为巷口宽身子窄，过路的人都爱在巷口方便，侧一侧身，就解决了，久而久之，上水巷臭气熏天，臭名远扬，后来干脆就在巷口建起了露天的小便池，让它继续"发扬光大"。

无论如何，茅坑巷的存在对我来说都是一个阴影。每当经过它的时候，总担心会遇上如厕的人，可是多年来这种尴尬从未发生，贯穿始终的臭味，证实了它使用的频率确实极高。大概住在这里的人们都是坚强的，隐忍的，他们长久地与之周旋，没有嫌弃和尴尬，反而觉得亲切与方便。

上街头是一条缓缓淌过的河流，神秘的河流。

在这条河流中，还有一样东西，回忆的时候很容易被忽略。

建新，是小镇上唯一提着裤子走路的人。

我上小学的时候，建新年约三十，听说他从前是品学兼优的学生，家住横街。因为一场爱情，用情至深，精神崩溃。也有说他是高考落榜，又经失恋的双重打击，"洞房花烛夜"和"金榜题名"都不存在了，他干脆就选择了另一种人生，沦落街头捡拾烟头过日子。

建新每天出现在街头巷尾，佝偻着背，提着裤子寻找烟头，他头发凌乱，面色苍白，看见地上有烟头，就两眼发亮，裤子于是松懈。

他虽沦落，却彬彬有礼。好心人会把行将熄灭的烟头为他留着，他接过每一个烟头都要说声"谢谢"，要不就是"谢谢叔叔"。可他总是低头，有些"叔叔"比他年轻。

他颤抖着将烟头含进嘴里，每一个烟头的出现都让他措手不及，他喜出望外，小心捏住烟头，就像捏住一段来之不易的爱情，他将它含在嘴里，竭尽全力吐出最后一轮烟圈。

有一回，他走着走着，在街上遇见了从前的恋人，建新傻了，愣了好久，突然哭出声来，像一个无依无靠的孩子。

从前的建新是幸福的。有母亲照料儿子的一切，把儿子收拾干净妥帖是母亲每天必做的事。建新不像那些流落街头的疯子，他眉清目秀，干净白皙，衣冠整齐。后来老母亲去世，再也没有人为他换洗衣物，从此陷入了邋遢状态，走到哪里，哪里就是他的家。他像文明开始的时代那样坐在大地上，躺在大地上，睡在大地上，随便睡在哪里，树下、河边、堆放垃圾的角落里，周身爬满苍蝇或者为落叶、阳光、尘土、垃圾覆盖……天空就是他的被窝。建新像一件露天的发霉家具，风吹日晒，越长越旧，他浑身长满了青苔，散发出茅坑巷的味道。

他遭人嫌弃，人们避而远之。长期风餐露宿，他的身上开始长蛆，蛆虫啃烂了他的脚，侵袭他的肉身，它们在他身上繁衍后代，最后庞大的蛆虫部落恩将仇报，把他消灭了。

除了人类的存在，在街上，还有牲畜家禽，鸡、鸭、鹅、牛、羊、猪。它们跟人一样，风里来雨里去。人要出门，猪也要出门，热爱出门的还有鸡、鸭、鹅。到了晚上，它们会列着整齐的队伍回家，鸡有鸡笼，猪有猪圈，它们回到各自的窝里。鸡是敏感的动物，脖颈细长，感官灵敏，懂得躲避身躯庞大的人类；猪，却大智若愚，从不让路，走着走着也会撞上人，但是它们宽容，不计较，继续埋头行进。

县城的主要学校都在上街头，壶山幼儿园、壶山小学、武义一中，可以从小一直读到大。

除了壶山小学，还有一所小学叫熟溪小学，两所学校分别以当地的山和水命名，在现实中此山与此水成了江湖上的两大派系，水火不相容。壶山小学跟熟溪小学不知什么时候就有了江湖恩怨，两个学校的孩子见了面就要吵，吵架的内容无非是——"壶山壶山，大牛沃（粪）"，"熟溪熟溪，赖孵鸡"。他们吵架时扯上的鸡和牛粪，跟遍布街头的动物粪便有关。

从前壶山小学有个男孩叫杨天三，是我的同学。杨天三从安徽合肥转学来武义，虽然来自大城市，却长了一张面朝黄土背朝天的脸：他的牙床像老奶奶一样凹陷，瘪下巴，长年田间劳作般的肤色，臃肿无力的眼皮。他讲普通话，说话的时候，整个头部连同身体随着语音语调扭来摆去，肢体语言十分丰富，伴有严重的娘娘腔。可是放学的时候，杨天三就一派英雄气概，完全没有娘娘腔，他很勇敢，在学校门口找一头猪，骑猪回家。有些猪会被他吓跑，那些年长的猪大腹便便，一经驯化，便听从他的指挥，俯首称臣，沦为杨天三的坐骑。

杨天三的坐骑经常换。猪是有记忆的。有头老母猪，想必是跟杨天三的心灵达到了默契，要不就是上辈子欠下的债这辈子来还。老母猪体型庞大，毛发冗长，像《山海经》里的混沌。如果哪天下过雨，"混沌"看上去就是水淋淋，刚从河里打捞上来的样子。

"混沌"在学校门口等杨天三，它从东边逛到西边，像是掐准了钟点，专门来接孩子放学回家。杨天三放了学就与"混沌"胜利会师，他一屁股骑上"混沌"，拍拍"混沌"的屁股，让它快马加鞭，不，是快猪加鞭。

杨天三大摇大摆地骑猪回溪南街的人武部宿舍。他穿过壶山上街，穿过解放街和解放桥，到达目的地，"混沌"完成使命，杨天三扬长而去。

有猪，就有猪粪。除了猪粪，还有牛粪，鸡屎更不用说了，随便走走都能踩上一鞋底。

有上海来的小男孩，来武义的亲戚家小住，小男孩到底是没见过世面，指着一坨冒着热气新鲜出炉的牛粪，激动地喊"沃沃，沃沃"。头一回见牛粪的他，对大街小巷星罗棋布的排泄物发生了浓厚的兴趣，接着他对整条街都产生了浓厚的兴趣。没多久，他已能一眼判断出何为牛粪，何为猪粪。他指着牛粪说，这是牛的；指着猪粪说，这是猪的；有一回他指着人的，再也说不出话来。小男孩带着对粪便的深刻认识回到上海，向上海的小伙伴继续推广粪便知识。

他也许不知道，粪便是农民的黄金，他们挑回地里，就是最好的肥料。

……

狮子巷，杨天三，猪粪，建新，还有茅坑巷……上街头，那是生命开始的地方，好多人也选择在那里结束。上街头没有头，它的过去永远没有尽头。小时候我曾住在那里，那里的一切令人难忘。那是一个旧的世界，陈旧、破烂，但是安详，五颜六色的垃圾，汲水的老井，一步一步脚踏实地从田野走回家的牛。它们在一列叫作"过去"的旧火车上。

火车驶离站台，越来越远，像一座远去的群山。

从前的日子，从前的上街

　　从前的壶山上街，酱坊巷的斜对面，是家食品公司。食品公司门前经常排队，不是排队买猪肉，就是排队买凤凰蛋。凤凰蛋也叫"退步蛋"。煮一锅凤凰蛋，剥开，可以看见各种小鸡的模样：有的小鸡已成形，半个身子深陷在蛋黄中，离破壳一步之遥，不知为何它们只差了一丁点；有的混沌未开，云雾缭绕，不见身首；也有的毛发齐全，唯独缺了半条腿，那种蛋吃下去有点让人毛骨悚然。

　　小鸡是鸡妈妈的孩子。可是，不是所有的小鸡都能成功破壳，那些不能问世的小鸡就成了蛋，凤凰蛋。

　　从前，凤凰蛋是难得的滋补品。有些小鸡，故意让自己长成了另一种模样，排队到人间，滋补需要营养的人。尽管如此，好多大人还是不让小孩吃凤凰蛋，怕吃了学习退步。也有的不让小孩吃鸡爪。鸡爪又叫"鸡脚爬"，说是吃了"鸡脚爬"，字就会写得像鸡脚爬。这一点，我的外婆很开明，有什么让吃什么。外婆住在酱坊巷1号，凭借优越的地理位置，总是能提回满满一篮子最新鲜的凤凰蛋。

　　那些日子，除了凤凰蛋还是凤凰蛋，直到吃撑了为止。外婆从来不数数，她说只要能吃下就是好事。后来小小年纪冒出胡须，估计跟当年的凤凰蛋有关。

只要食品公司供应凤凰蛋，家家户户的煤球炉上，钢精锅里都冒着热气，煮上一大锅，全家人就指望它了。

除了凤凰蛋，还有一种蛋——童子蛋，是用童子尿煮的蛋，据说营养价值极高。有一阵子，壶山小学下课的时候，一二年级的走廊上会有接童子尿的大军，小男孩成了抢手货，接尿大军在小男孩的厕所布下一排塑料桶，定时上门收尿。

童子蛋一煮就是一天一夜，它不像凤凰蛋那样香气四溢，有的人深深沉迷于那股味道，有的人就只能叫苦连天了。

壶山小学的对面，壶山幼儿园放学的时候，那场面就像小鸡倾巢出动。大门一开，一窝窝刚孵出的"小鸡"排着队，稚嫩的小手或拉着，或勾着，男孩拉女孩的手，不情愿的就用小指头勾着小指头，整整齐齐列队出发，老师就是他们的鸡妈妈。在"鸡妈妈"的带领下，"小鸡"从幼儿园出发，每经过一条巷子，就会少去几只，走到新华书店，"小鸡"全散了，"鸡妈妈"于是往回走。

几乎所有的"小鸡"都害怕一个人，他的名字叫大麦老陈。

听说，大麦老陈的腰里别了一把驳壳枪。听说，谁家孩子不听话，只要听见大麦老陈来了，马上就能风平浪静，因为大麦老陈的枪里有子弹。

大麦老陈在派出所上班，这让他身上具备了一种功能——专门收拾不听话的小孩。

其实大麦老陈从来没有收拾过小孩。他只是不爱笑。

他经过酱坊巷的时候，我会从窗格子里看到他。他板着脸，黄绿的警服，宽松而肥大。如果光看背影还是有点喜剧效果的，肚子大，走起路来一摆一摆，像尾金鱼。可惜除了背影，他的表情让人觉得人生无趣。

春天到了，"小鸡们"手拉着手去郊外春游，春游即扫墓。邵李清烈士墓，是每年春天必去的地方，没有他们就没有我们。每年这个时候，烈士的遗孀会在那里等我们。她讲从前的故事，她的名字叫陈春风。她有两个女儿，邵丽华和邵新华，丈夫牺牲那年，丽华5岁，新华3岁，由于家境贫寒，大女儿随千家驹的母亲去了北京，小女儿由另一位好友顾志成带到县城生姜巷抚养。那一年，陈春风才20多岁，丈夫留下绝笔信：

"春风吾妻：吾死之后，汝不要过悲，保重身体，儿女托你抚养。汝年不大，且勿拘束，任汝另配……"

每年春天，她都穿上蓝布斜襟的衣衫，瘦小的身影早早出现在郊外。

……

从前，到了夏天，随便哪条巷子里，摇井的旁边，搁上一个大木盆，就是小孩洗澡的地方，多少孩子都是这样露天洗澡长大的。住在巷子里的人，就像小孩的家人，从小看到大，从来不会觉得难为情。孩子多的时候，一个接一个跳进去，像一群褪了毛的小鸡。

关于小孩，大人们都叫他们"小蛙鬼"。后来想想，应该是"小活鬼"才对，"小活鬼"是活蹦乱跳的意思，可以在澡盆子里跳来跳去。

巷子从来就是家的一部分，衣服拿根竹竿靠墙晾晒，跟小活鬼在天井洗澡一样，没有什么是见不得人的。

除了凤凰蛋，除了补充营养，也会遭遇寄生虫。那时候，几乎每个孩子身上都带着蛔虫，他们到哪，蛔虫就跟到哪，无论吃下多少食物，蛔虫都要与他们平分秋色，只要蛔虫在，吃再多的凤凰蛋都无济于事。幼儿园过一阵子就要集体打蛔虫，发宝塔糖，一人一粒，吃完没多久排队上厕所。

宝塔糖，一座奶黄色的小山，像袖珍的珠穆朗玛，那么甜又漂亮的糖吃下去能拉出整条白乎乎的蛔虫来，有时还拉出活的，可见盘旋在肚子里的蛔虫数量惊人。只要是蜡黄的小脸，几乎都是肚子里有蛔虫。脸上长虫斑，那叫"狗屁弹"，或"家狗屁"。看见孩子的脸被"狗屁弹"包围了，大人们就会掏出几分钱让去糖烟酒商店买宝塔糖。

每个小活鬼的童年里，都少不了几条白乎乎的蛔虫。

那时我们也无师自通学画画。画一只鸟，边唱边画："我上二年级，考试考了零分，爸爸打了我三下，我生了嘴，长了脚，飞走了。"

还画豆腐丸老公公："一个老公公，买了两个豆腐丸，我说三月三还，他说四月四还，到了三月三还没还，扮你娘个大头鬼。"

最后一句骂人的话，骂完，豆腐丸老公公就画成了，看上去有些面目狰狞。老公公的嘴特别大，牙齿稀疏，像从前的老房子，一扇一扇可以打开的门。

上初中的时候还在课堂上偷偷画过老公公，大概是出于对豆腐丸的念想。

边画边想，最好吃的豆腐丸到底在哪里。

壶山上街的西边，有一条很长很长的巷，有着弯弯曲曲的屋檐，那个地方叫横街。横街的豆腐丸，就在巷子北面公共厕所的对面。吃豆腐丸的时候，抬头就能看见从厕所进进出出的人，松裤子的，系皮带的，捂肚子的，一路小跑的。人有三急，豆腐丸吃到一半，跑去上厕所，也是十分方便。

就算是与厕所为邻，也丝毫没能减去豆腐丸的底气。厕所反倒成了豆腐丸的标志性建筑。1982年，豆腐丸开张；1983年，横街公厕落成，从那以后它们友好邦交，一步之遥，厕所与豆腐丸成了邻居。

厕所的四周种着零零落落的月季，照样怒放着，厕所的存在影响不了它们。

从前的豆腐丸都是圆溜溜的，丸子在压实了面粉的碗里滚来滚去。后来有些小店图省事，滚成了豆腐梭子，像两头尖尖的小船。豆腐丸里嵌着一颗酱油浸过的实实的肉，随着肉被裹入丸子，酱油也丝丝入扣渗入丸子中。

早读课后，武义一中的学生成群结队到横街吃豆腐丸。

这时，横街的豆腐丸早已浮出水面，像豆腐丸老公公那样的门也一扇一扇打开了。那样的门是最好看的，每卸下一块，铺面就亮起来一块，直到最深处也一齐亮了。这时小店里挤满了人，座无虚席，见缝插针，吃完一个，走一个。如果那天下雨，雨水顺着洋铁皮的檐子流下来，在弯弯曲曲的屋檐底下排队，会被洋铁皮檐子上落下的水敲中脑袋，听说屋檐水敲多了，会秃头的。

从前的横街没有公共厕所，为方便附近居民，需要建一个。关于厕所的选址，几经改动，均遭附近居民的嫌弃，最后看中了豆腐丸店对面的空地，大小正好，关键是豆腐丸一家没有嫌弃厕所，后来只要提起横街的豆腐丸店，都会加上"厕所对面"。

卖豆腐丸的阿姨心地善良，可以跟厕所面对面和平共处能不善良吗？她那时50多岁，总是问学生们吃饱了没有。她家的豆腐丸个头大，吃上五六个，一上午肚子都不会饿。她的个头也高大，结实，声音响亮，掷地有声。她的名字叫李爱珠。

关于公共厕所，曾发生过一起惊天动地的重大事件。上世纪80年代，男厕所的墙上出现一条反动标语，是打倒某位国家领导人。为侦破此案，有关部门成立了专案组。标语的字迹看上去十分稚嫩，像是小学生写的，专案组就把附近的小男孩，只要会写字的，都列入了嫌疑人名单。核对笔迹，让男孩们写字，每一张都拿去厕所里比对。此案到现在都没能告破。

动辄标语的年代里，谁爱上了谁，都会被标语打倒。爱，一定得是偷偷摸摸的，不能叫人发现。壶山中学的围墙外边，曾出现一条与爱情有关的标语：××爱××。他和她，被发现了恋情，公之于众，最后还是她的父亲带上抹布擦掉了他们的爱情。

西有豆腐丸，东有馄饨铺。比豆腐丸出道更早的，是东边南狮子巷的馄饨铺。

馄饨铺掌柜姓周名祖德，原名多被人遗忘，但他的另一个名字深入人心，人称"浪地荡"，又称"浪荡地"，也有叫"地浪荡"的，呈现汉字的完美组合。

每天浪地荡挑着馄饨担在大街上随处停放敲馄饨，生意很好，都说他的馄饨皮薄味道好。浪地荡走起路来像一只鸭子，鸭子走路，也叫"趴脚鸭"，两腿之间的距离比一般的动物要宽，足球队的守门员几乎都有点"趴脚鸭"。浪地荡身材矮胖，走起路来浪打浪，一双拖鞋满街跑。一身青色对襟衣衫披肩上，早已穿出了厚厚的包浆，纽扣松散，袖子一路晃荡，大大咧咧。他浪里个浪，浪里个浪，整个人像踩在云朵上，又似漂浮在海面，一浪接一浪，打出了他的仙人模样。

他从前是卖水的，后来支援社会主义建设去棉纺厂当了一名杂工。听说他的名字是这样来的：小时候去上学，老师问，你爸叫什么？浪地。你妈叫什么？地荡。于是他就成了"浪地"和"地荡"的儿子——"浪地荡"。

他从对面走来，人们远远喊他，"浪地荡，地浪荡"，他笑嘻嘻答应。"浪地荡，地浪荡，来碗馄饨"，他笑嘻嘻，敲下一碗馄饨。"浪地荡，地浪荡"，一路笑声不断。

浪地荡有三个儿子，最大的叫大囡囡，把儿子当女儿养的，也只有浪地荡。跟浪地荡一样，全家人都胖乎乎，无忧无虑，神仙一般。

那时候的馄饨一毛钱一碗，也可以五分钱半碗。买半碗的人不少，因为汤还是一毛的。

浪地荡是自由的，快乐的，他飘然出世，纯洁干净，眼神清澈，仿佛身体里藏了一只青鸟。他是从漫画里走出来的。

我从来没有见过他，由于年代久远，我们已无法见面，但不止一个人向我描述过浪地荡的样子，他们模仿他走路，模仿他说话的语音和语调。当他们在模仿浪地荡的时候，都成了自由的人，身体里藏了一只鸟，接二连三从漫画里走了出来。

他们是大地的儿子。

浪地荡的一生从南狮子巷开始，他挑着馄饨担走遍了整条街，走到哪里馄饨就卖到哪里，一碗馄饨下肚，拿布一擦，继续下一碗。馄饨担从东到西，从西到东，浪地荡像馄饨撒入汤锅中那般自由自在。谁又能想到他的过去，曾经上过抗美援朝的战场，他是一个兵。

多数人的一生都是从巷子里开始的，就跟小鸡从蛋壳里出来一样。

几乎所有的巷子都拐弯抹角，据说如果巷子直通到底，不拐弯，不抹角，那个地方便锁不住风水，待不住人。

我还记得从前拐弯抹角的酱坊巷。

从前的酱坊巷里住着一群手工业人，做衣衫的，理发的，刻私章的……酱坊巷的巷口很浅，从南面走进去没几步往左拐，抬头可见第一户人家——酱坊巷1号，1号门口有个摇井。

不知哪一年，摇井的对面，空地上也建起了厕所。

酱坊巷的厕所比横街的大一倍，落成后，原本安静的酱坊巷总是能听见吵架声。当厕所定期清理的时候，所有的粪便都要被重新打捞一遍，怒火也随之打捞上来。

自从厕所落成，酱坊巷火药味渐浓。

厕所落成后，酱坊巷1号的外婆酝酿逃往香港。

外婆与邻居金田嫂，没上过学，连名字都不会写，却很想去香港看看。那时的香港不对内地开放，只能"逃"。她们计划着逃往香港，是想去香港当保姆，帮人带孩子。至于怎么走，仿佛上方岩拜胡公大帝那么简单。两个目不识丁的老太太，商量这一切的时候，像两个蠢蠢欲动的小活鬼，计划虽然周密，终究未能成行。有一天，她们不知从哪听说香港是要火葬的。

为了不被烧掉肉身，她们放弃香港，留在了酱坊巷，继续与厕所为伴。

如果当年外婆成功"逃"往香港，那她就多了一个地方，多了一处故乡。

只有远离故土，才有故乡。

我的一生也是从巷子里开始的，南狮子巷，酱坊巷，生姜巷……直到后来没有了巷。

当最后一条巷——生姜巷消失的时候，我的故乡诞生了。这时候，我没有远离，可是过去的事情，如昙花一般，这瓣亮了，那瓣却还在黑暗里。"故乡"两个字，就从茫茫辞海里被拎了出来。它不断提醒我，去追忆看似毫无意义的日常。

从前的酱坊巷

从前的酱坊巷，住着我的外公和外婆。

外公去世那年，我3岁，对他已毫无印象，但我可以看着他的照片长大。外公的照片就挂在厅堂中央，慈眉善目，一团和气。

外公名叫王岳琪，他6岁丧父，8岁拜师学艺，经几十年的磨砺，与家住头巷王家厅的朱关舟成了远近闻名的裁缝师傅，人称"岳琪师"和"关舟师"。

都说他手艺好，记性好。传说外公做衣衫的时候，量了尺寸不用写纸上，全记脑子里。这大概是外公当年舍不得用纸而练出的好记性。

裁缝师傅，在民间有一个普遍的叫法，叫"衣衫老师"，虽然外公没上过学，后来认得一些字，也是自学的。衣衫老师，门下有徒弟，外公的徒弟之一后来就成了服装厂的厂长。

外婆是童养媳，从小就给外公打下手，外公裁剪面料，外婆踩缝纫机。那时候的缝纫机叫"洋车"，是很了不起的家当了。外婆没上过学，不会写自己的名字，人们都叫她岳琪师娘。

外婆的名字渐渐被人淡忘。其实她的名字很好听，叫胡宝钗，跟《红楼梦》里的薛宝钗相似。外公和外婆的名字，仔细研究，"琪"是美玉，"钗"是金钗，一段金玉良缘。后来做身份证的时候，"胡宝钗"成了"胡宝衩"，外婆的名字就这样被改了。

外婆除了给外公打下手，还有一招绝活——帮人拔牙。她的拔牙技艺跟外公的裁缝手艺一样跻身一流行列。外婆拔牙不收钱，她只拔小孩的乳牙，这种免费又带奖励性质的拔牙，导致外婆所在的酱坊巷1号后来门庭若市。

拔完牙后，外婆会从饼干箱里掏出一颗宝塔糖或一小片干糕给拔了牙的小孩吃，那都是我珍藏的零食，未经许可，便遭瓜分。外婆有别于民间的牙医，牙医要拜师学艺，而外婆无师自通，她不但具备拔牙的天赋，还开辟了无痛拔牙的先河。

附近邻居都把换牙的小孩带过来让外婆看，他们假装带小孩来串门，边说边让小孩张大嘴巴给外婆看。外婆先是发誓，向天保证不拔牙，真正的高手都这样。取得信任后，她让小孩把嘴张开，小孩就很听话把嘴张得像小鸟要吞食的样子，外婆探进两个手指头，轻轻摇一摇，扳一扳，就像拔根葱一样，轻轻松松把牙扳倒了。

外婆问小孩痛不痛。小孩愣着，没反应过来，拿舌头一舔，才知道牙没了。外婆说，不痛吧，其实拔牙一点也不痛。好像拔的是她自己的牙，她说不痛就不痛。说完她就笑了，满脸褶子，像刚出笼的包子。在好多孩子眼里，拔牙是一件痛不欲生死活不让的事。但在外婆面前，所有的紧张情绪得到了释放，那些注定终将离去的乳牙也因此结束使命。我的外婆，她身上具备这样一种功能：大事化小，小事化了，将痛苦的事情无痛化处理。这是她最擅长的。

外婆出手快，成功率高，拔牙无数，很快就出了名，找她拔牙的人络绎不绝。

酱坊巷，其实并没有酱坊，也没有酱菜，因为有外婆在，倒是以拔牙闻名，称之为"拔牙巷"更合适。我的外婆，当然就是远近闻名的"拔牙老师"了。

上水巷，也就是茅坑巷，也住着一对衣衫老师，人称绍宝师和绍宝师娘。小时候常把"绍宝师"听成"小豹子"，从来不敢去他们家，就怕屋里藏了一头小豹子。

有一回绍宝师娘来串门，牵了一头"小豹子"来，就是他们家的外孙女。绍宝师娘早已跟外婆串通好了，她们俩一唱一和是要给两颗门牙摇摇晃晃的外孙女拔牙，她们联手讲了一大通拔牙的好处，还举了我们家二舅为反面教材。

外婆共有九个子女。龙生九子，各有不同，随便怎么都能找出一个牙口不好的。于是就端出了二舅，说二舅因为小时候不肯拔牙，后来就长了里外双层牙。到现在我都没见过里外双层牙到底是什么样，二舅好像长得也没那么可恶。外婆想必是运用了夸张手法，把二舅说得有些面目狰狞。二舅是所有子女中最老实的，在皮鞋厂上班，无论说他是三层还是四层，他都不会从皮鞋厂赶回来理论。

有了二舅的真实案例，"小豹子"当然不想要未来狰狞的样子了，乖乖张大了嘴巴，交出了两颗宝贵的门牙。外婆未经同意，再次挪用了我的宝塔糖，先拔牙后打虫，是外婆的创举。

不知道是不是先拔牙后打虫的原因，来酱坊巷拔牙的小孩，包括"小豹子"在内，后来一个个都明眸皓齿，面若桃花。

从前的县府大院

从前的县府大院，有办公楼，也有宿舍楼。零零散散几十户人家，像蚂蚁一样搬进去，一住就是几十年。好多孩子都在那里长大，是小孩子的天堂。

大院临街，有牌楼，没有围墙。牌楼现在还在，从前那里是国庆节看花车和元宵节赏灯的最佳地点。国庆节的晚上如有花车，牌楼一定早早就挤满了人，像麻雀终于挤上了枝头，叽叽喳喳，不小心就要掉一只下来。大院里没有保安，那个年代不需要保安，壶山派出所就在边上，即使派出所不在边上，一切都很安全，不需要戒备森严。

按理说应该有门卫，但是也没有，夜不闭户，路不拾遗，谁都可以随便出入。县官进去是上班，百姓进去是串门，小孩进去就是撒野，也捉迷藏。

捉迷藏的小孩里就有我。

小孩子，那时候都叫"小活鬼"。小活鬼在上街和下街追着跑着跳着，就往整条街最中心的县府大院里钻，整座县城从南到北，从东到西，有熟溪流过，没有一处公园，县府大院长得最像公园，那里绿树成荫。

大院里边有两口池塘，比平常的井大一些，叫太平池，防火用。小活鬼喜欢趴在太平池上玩水，不用担心落水，即使掉下去了，水很浅，爬上来便是。靠西边的小楼后边有口老井，清冽有暗香。那栋楼现在还在，老井早已不在了。这世上多数井的命运都是如此，或废弃，或填埋，难有善终。

井边不知什么时候种下过枇杷树，枇杷树边上有一栋宿舍楼，紧跟着前面的小楼而建。办公楼和宿舍楼一前一后，整整齐齐，迈出家门就上班，下了班就到家，如果按两点一线来算的话，这条线实在是有点短。从办公楼望出去，窗对着窗，上班的抬头就能看见家里的娃是不是在写作业。宿舍楼的楼梯是一条条木板铺上去的，有宽宽的缝隙，上下楼的时候如果低头看，会发现每个台阶都透着光。

《圣经》里说，"要有光，于是就有了光"，住在那栋楼里的人，每走一步脚底下都踩着光。

住在枇杷树边的那户人家除了脚底下有光，每年还会有酸酸的枇杷吃，枇杷树挂果的时候，我就往他们家跑。那个叔叔叫程基春，永康人，他以为我喜欢他们家的饭菜，其实我是冲着枇杷去的，因他跟我爸同乡的交情，蹭了好多的饭，吃了不少的枇杷。

那时候永康人遍地都是，到哪都能听见唱山歌似的声音，开会做报告也是，从头到尾都讲永康话，叫人听不懂。永康话和武义话有区别，武义话多为降调，永康话多为升调，武义人说话生怕被人听见，永康人扯着嗓门生怕人家听不见。永康人天生就是歌唱家，能把每句话的最后一个音拉得又高又长，男高音，女高音，还不时绕一个弯，这里的山路十八弯。

大院里的花草树木不知道是什么时候种下的，正对着大门的办公楼两边一眼望去都是夹竹桃，后边远一些的是白玉兰。上小学的时候，我就在作文里写过夹竹桃。大概那是我见过最早的成片的花，对于没见过世面的孩子来说，夹竹桃是县府大院精心酝酿的一片花海，那叶片带一点点沉着，一动不动，细长而悠远，有一种时间停滞的凝固感。

夹竹桃簇拥着三层半的洋楼，外墙面裹着碎石，暂且称之为"洋楼"。别小看这长方盒子模样的三层半建筑，它是从前全县最宏伟的建筑之一，在周围两层楼的砖房中，它奇峰突起、鹤立鸡群，是拍照的首选地。如果要拍照，不是去电影院，就是去县府大院，跟房子合影，跟建筑物合影。随意折一枝大院里的花花草草，绿叶青翠硬朗，花瓣洁白芬芳，浓郁如丝缎，手上拿枝花，像滴水观音手持着净瓶。若在电影院门前拍照是没有花的，就只能威风凛凛地双手叉腰。谁家的相册里都少不了这两处地方。

在三层半洋楼里上班的除了县委书记、县长，就是机关其他工作人员。那些大大小小的领导看上去跟普通老百姓没啥区别，都有乡土气：青色中山装，或灰色，或卡其色，风纪扣扣得很整齐；或肚子微挺，或骨骼清秀。他们几乎都不会讲普通话，有着天南地北浓浓的乡音。

1988年中央电视台的春节联欢晚会，有一出相声，是牛群和李立山演的，里边有一句非常著名的台词——"领——导，冒号！"

听上去隐隐约约有上海腔，"领——到！"

最后一个字的发音是要把"领导"端端正正放到地上。后来，只要有领导走过身边，我就想起相声里的"冒号"。

那时候夹竹桃大概是最常见的花了。县府大院东面紧挨着的叶宅巷，巷口是砌了红砖的二轻局办公楼，从那个红砖砌的门洞进去，门洞右边就悬着"武义县二轻局"的木牌子，清清爽爽。不像现在随便找家单位，门口牌子一挂就是一大片，像搞批发，此起彼伏。"二轻局"的牌子很醒目，代替了叶宅巷门牌的地位。那时的门牌红底白字，是开始大面积运用红色的年代，于是回忆起来都充满了喜庆的味道。如国庆节的花车，每家单位选送一辆，每辆车上必有深深浅浅的红，有一种吉祥在。

沿着叶宅巷一直往里走，巷子两边种满了紫竹梅。紫竹梅的花开在脸盆里，脸盆上印着各家单位名，都是纪念品。比如建厂一周年发一个，五周年发一个，十周年再发一个，等到脸盆用破了，纪念日又到了。这工厂就跟小孩子一样，也会长大，也有生日。发脸盆的理由不少，庆祝周年发一个，评上先进发一个，领到脸盆的如获至宝，那是非常重要的家当。是的，就连嫁妆里也必不可少，结婚时脸盆里头垫张方方正正的红纸，放几粒醒目的红绿花生。除了脸盆，纪念品还包括搪瓷杯和搪瓷盘，搪瓷盘又叫洋铁盘，搪瓷就是"洋的铁"，简称"洋铁"。后来有部电影叫《钢的琴》，跟"洋的铁"道理相同。

时间久了，"洋的铁"会掉瓷，坑坑洼洼，露出它黑色的肌理。脸盆破了就种上紫竹梅，继续当花盆。国有国花，市有市花，而紫竹梅则是叶宅巷的巷花。

除了紫竹梅，还有太阳花。紫竹梅的花，简简单单，只有一、二、三，三瓣，凝重矜持了点。太阳花是太阳底下最热闹的草本植物，单瓣，重瓣，一律猛长，夏天属它最热烈奔放，一下子就铺满了整个脸盆，要是给它一个地球，它也能气势磅礴开到南半球去。太阳花把叶宅巷的脸盆里里外外全给包围，蔓延，它把所有的字都遮挡了。开到热烈处，不分彼此，你家的太阳花爬到我家的脸盆上，我家的桂花为你的黄昏而香。

有一阵子我把紫竹梅错认为夹竹桃。刚好又读到一部小说，书里说夹竹桃有毒，小说里的主人公拿夹竹桃杀人。从那以后，我再也不敢靠近夹竹桃半步，开始远离叶宅巷，放学回家改走皂角巷，当然也就不敢靠近县府大院那栋楼，觉得那栋楼忽然间就有了杀气。

夹竹桃是没有香味的，白玉兰有着浓郁的芳香，自然界好多植物的香味都自成体系。大概有毒的花不太愿意让人靠近，于是不散发一点点的芳香，它们只负责沾染尘埃和风霜。夹竹桃有毒，好好的花儿看上去就有了刀光和剑影。

除了枇杷树，白玉兰，有毒的夹竹桃，紧挨着东面食堂一角的是一株银杏。准确地说银杏是叶宅巷的一部分，但由于叶宅巷与县府大院之间没有围墙，就成了大院的银杏。

本来银杏的出现并没有引起小孩子们的注意，后来还是在课本里读到郭沫若的《银杏》，地处"边疆"的银杏树一夜之间就贵重了起来，它大概是县城唯一的一株银杏。眼见它叶子一日日少去，不是随着秋风飘落的，秋天刚到没多久，那些叶子还来不及飘零，就长了脚偷偷跑进了课本里，长成了书签的模样。随便翻开一页，都能掉出一片薄薄的金黄来。不知是谁说的，说银杏的叶子很值钱，可以论张卖。如此一来看上去就更像金箔了，压在书本里，生怕不小心破了相。食堂边的银杏不是老银杏，还很年轻，叶片稀少，就更加稀罕了，到后来连嫩绿的银杏叶也一律长了脚偷偷跑进了书里，小孩们都很急，只有银杏不着急。

从前的课本里，翻着翻着就能翻出好多树叶来。有一回我翻开高中时的语文书，里边夹着年代久远的一叶红枫。红枫的边上写着：梧桐一叶而天下知秋。

银杏虽无毒，也没有香味，但是翻开书看到一叶金箔，就会想起县府大院食堂的馒头。那时候的县府大院很出名，因馒头而出名。馒头的背后是一群默默无闻的炊事员：春松、海林、宝林、生菊……都是跟馒头一样简单朴素的名字，吃过馒头就会记住他们。他们花大半辈子的时间做馒头，也做菜，蒸饭。馒头出笼了，是食堂最壮观的时候，比升国旗还有仪式感。馒头等久了，整个人也是热气腾腾的。馒头前排了好长好长的队，有点像国庆节的牌楼，挤满了看花车的人。

那时候没有厨师，只有炊事员。"炊事员"三个字，跟炊烟有关。

每天早晨，带上印有二轻局或棉纺厂的洋铁盆，我是去县府大院排队买馒头的小孩。小孩子的友谊，通常在排队的时候开始建立，洋铁盆上写着他们的出处，一看就明白，他来自哪里。

从生姜巷的二轻局宿舍楼出发，穿过皂角巷和叶宅巷，两条巷之间有条横巷，好像是专门为买馒头安排的路线。穿过无名无姓的横巷，从叶宅巷的银杏树拐进食堂，没有围墙的好处，可以直接到达目的地，无须绕弯。

几乎每个孩子都是捏着馒头边走边吃，不让热气跑掉。

县府食堂的馒头名气很大，不是谁都可以买到，要有票，饭菜票。饭票买米饭馒头和稀饭，菜票买菜。没有票又想吃馒头的，就得托人。吃县府食堂的馒头，是交流的重要环节，在食物面前，共同的经历更容易产生共同的语言。

有一年，食堂出事了，是一起爆炸案，那个案子成了千古之谜，到现在都没告破。传说有人在食堂放了一个包，那人走了，没过多久，一死一伤，伤的是老朱的眼睛。他在食堂里卖饭菜票，被人从里边抬了出来，一只眼睛就坏了。

对于排队买馒头的小孩子来说，爆炸前和爆炸后的馒头，照样好吃。

除了馒头，市面上开始出现饮料。汽水，橘子汽水，是多少孩子都热爱的。那个装汽水的透明玻璃瓶子，远看就像一瓣新鲜的橘子，喝下去能把两片嘴唇染得如日落一般。玻璃瓶上有写着：人工色素日落黄。

如果说橘子汽水是日落，是黄昏，那可乐就是即将降临的黑夜了。

大院里有个小孩，是最早尝到可乐的人。据说她率先喝下第一口可乐，就呈现无比痛苦状，她说，味道堪比"十滴水"。这句话后来在县府大院内外都产生了深远的影响，没有围墙的遮挡，小孩子说的一句话都能飘到九霄云外。"十滴水"严重影响了可乐在孩子心目中的形象，也影响了销量。其实她当年喝的不是真正的可口可乐，是国产的一种仿可乐的饮料，味道十分古怪。

想回去，当年那个把可乐当"十滴水"的小女孩，长得跟植物一样，细细瘦瘦，轮廓洁净，头发扎在脑后，露出额头。自从喝过可乐，她看上去有一点点遗世独立。

真正的可乐是在阔别十年之后。十年后，我上高中，在与"十滴水"的纠结里喝下人生中第一瓶可口可乐，整个过程毫无痛苦可言，更像是撑足了气的红糖水。

县府大院里有一小片操场，好多大人也去，他们推自行车去，傍晚时分出现在操场上的，多半是来学骑车的。自行车分公车和私车，多为公车，私车极少，自行车是奢侈品。公车贴红色车牌，有一个"公"字。车牌看久了，容易联想到动物的性别。

……

操场上骑自行车如同转山，骑着骑着，红色牌照的公车在视线中消失。

30多年后，县城的巷子越来越少，街道越来越热闹，马路越来越宽阔，围墙越来越多，宛如无数城池。空气越来越稀薄，日子看上去越过越好。

这个"好"，是有千万种标准，千万种说法的"好"。

有一点点遗憾，不再是从前了如指掌的县府大院。在回忆面前，一切都黯然失色。

三层半的建筑还是从前的，没有再造。看上去像是被钢筋水泥重新浇灌了一遍。不能像从前那样随随便便进出了，要掏出身份证，验明真假，告诉保安，你去哪个部门。你对它熟悉，它对你陌生。你对它了如指掌，它对你已一无所知。它保安林立，戒备森严，严肃、深刻、伟岸、高深莫测，你望而却步。

派出所早已搬走，紧挨着大院的叶宅巷、皂角巷、生姜巷，都如同当年大院里的老井一样，集体消失，是一夜之间消失的。这样的场景《聊斋》里曾有过。

大概这城里的每一条巷，到最后也跟老井一样，归于寂静。

壶山带给我的琐碎过去

浙江省武义县是我的出生地。

和我一样出生在这里的人还有很多，过去是，将来也是，他们都出生在这里。关于一个人的出处其实还可以更具体，具体到镇、街、巷、弄，或是某一处房子。如果将版图继续缩小一些范围，壶山镇就是我的出处了，尽管在各种各样的表格上并没有属于壶山镇的一列。当我们在填写籍贯或出生地的时候，笔触往往落到县就停住，而忽略了真正的细节。

我在壶山镇长大，走得最多的一条街就是壶山上街，从壶山上街走到壶山下街，又从壶山下街走回壶山上街，不知走了多少遍。壶山上街的尽头就是壶山，小时候爬得最多的也是壶山。据说这里的人三天见不上壶山就要落泪，他们这样说的时候，我觉得不怎么可信。长大后身处异地才有了切身的感受，仿佛身体里藏了一个开关，离壶山远了就触动了那个开关，开始了遥远的惦念。只要远远地望见壶山，就有了一种久违的亲切，那是可以久久回味的东西。

人与山之间有了隐隐的血脉相连，最初只是地名的交集，后来渐渐地他们成了山脉的一部分，镇上的人们多在壶山上长眠，贴近尘埃，获得满山的鸟鸣。路到尽头就是山，送葬的队伍穿过壶山上街，壶山小学的教室里能听见外面传来的哭声鞭炮声锣声，一辈子走完了就往山上去。镇上的人们从不轻易谈死，谁走了，送谁上山了，用"走"和"上山"来代替"死"这个节骨眼。也有绝望之人选择在山上结束生命，他们的绝望让我对壶山有了敬畏之心，壶山成了通往天堂的路，这时的壶山可望不可及，那是生命结束的地方。

我的一位朋友，曾指着延福寺对面的饭甑坛告诉我，饭甑坛就是他的亲爹。他说小时候家里穷，怕养不活，于是认岩石为父，有了靠山，日子就会好很多。从前的人们就地取材，离哪块岩石最近，那块岩石就成了孩子的亲爹。岩石为爹，樟树为娘，后来那棵樟树就叫樟树娘。这件事很简单，只要算命的白胡子老先生掐指一算，就成了。也可以认神灵。城隍庙里的城隍老爷，有一群来自四面八方的孩子。认亲爹的过程不必经过"亲爹"许可，"亲爹"不会开口讲话，当然也不会说不同意，他们笑纳着接受需要庇佑的孩子。每逢初一、十五，对"亲爹娘"上一炷香，拜一拜。正月初一，四面八方的孩子前往孝敬"亲爹娘"，道一声平安。

多年以后，樟树娘被匆匆而来的香火烧了大半，剩下镂空的树干，毕竟是自己的孩子，樟树娘没有一句怨言。

壶山镇因壶山而成名。除了壶山镇，县城的主要街道，壶山上街和壶山下街，几乎所有的孩子都沿着这条路走进了壶山幼儿园、壶山小学、壶山中学，他们的一生都跟"壶山"有关。

学校的体育课离不开壶山，春游秋游都在壶山。传说壶山脚下有"九十九个大弯头"，"九十九"是虚指，其实是一个谜面，它只有几个小小的弯，即使是小小的弯也足以让人望而却步，那里是军用仓库，不可越雷池一步。绕过传说中的"九十九个大弯头"，每一次登顶壶山都能让我们得到不同程度的满足，抬头望天，天总是好看的。在山顶上寻找各自的家，找学校的操场，找小镇的地标建筑：百货公司和武阳楼面对面，熟溪经过它们自西向东流，劳动桥、解放桥、熟溪桥依次排开。那时候并不懂欣赏风景，也不知道风景可以怡情，只是单纯地寻找，壶山永远都能带给我们寻找的乐趣。栀子花，映山红，每到春天开得漫山遍野。后来这里的孩子长大了，就在壶山上约会，谈一场恋爱。黄昏过后，黑夜降临前的昏暗，对，就是昏暗，昏暗中野花打着一小片安静的手电，让男女之间有了暧昧的情感流动，也为壶山打上了一层温柔的底色。

在山上，人与植物动物是没有区分的，人同鸟、同树，都是大自然中的万物。后来我在课本里读到泰山，认为泰山长得就跟壶山一样，甚至认为世界上所有的山都有着壶山的气质，壶山的模样。

看一样东西久了，那样东西便会植入你的灵魂深处。看水久了，会有流水般的柔和；看山久了，会有山的硬朗，山的连绵，山的轮廓。

山上的飞鸟，更容易让人产生对飞翔的向往。如果有飞机如蜻蜓一般掠过小镇的上空，那蜻蜓的翅膀一定会擦着壶山的山肩而过。乘飞机是一个神话，它意味着飞黄腾达，意味着鹤立鸡群。小镇上空飞过一架飞机，会让所有人为之抬头，如果是在夜晚飞过，那就是昙花一现，整个夜空都将被照亮。昙花的花瓣很长，如皎洁的鹤。而我对飞机最初的想象，来源于小学五年级时项同学的一次演讲。

1986年，项同学作为优秀少先队员的代表，去省城坐了趟飞机，他是壶山小学有史以来第一位飞上蓝天的学生。其实飞机只是带着他在杭州的上空待了几分钟，整个过程如昙花一现。之后校长让他在全校师生面前讲述坐飞机的经历，校长没有坐过飞机，全校师生都没有。

项同学的讲述将操场上的所有人都带上了蓝天，我们好像坐上了一条飞毯，进入了梦乡。梦中的飞行很平稳，杯子里的水没有一丝晃动。项同学讲得很仔细很具体，我们似乎听到了身体内钟表走动的声音。他的讲述显然比乘飞机的时间要长。讲完了，操场上仍余音绕梁，听众仍意犹未尽，下课后继续向他打听细节。那段时间项同学特别忙，下课十分钟也没能上厕所，他是一名优秀的少先队员，他满足了所有人对飞机的向往。

后来我坐飞机时特地留意了杯子里的水有没有晃动，如他所说杯子里的水一动不动，只要机身晃动的时候，我的小桌板上就没有水。

这些都是跟壶山有关的事，壶山带给我的是一瓣一瓣琐碎的过去。多少年来，它提醒我写下源源不断的文字，我这一生都将与它有关。后来我开了书院，就叫壶山书院。如果我的文字需要有一个笔名的话，我想好了，就叫壶山。

柳城记

柳城的名字很好听。

从前这里不叫柳城，叫鲍村。传说在清朝康熙年间，鲍村发生了一场攻城战役，无数城墙被毁，房屋坍塌。战争平息后，知县张延祜来此地就任，看到此情此景，城墙不复在，而重修只会让百姓不堪重负。

据说张知县回家后想了好久，抬头看见庭院内柳树正抽着嫩芽，于是想到何不以柳树为城墙。在他的带领下，绕城池种上了一眼望不到头的柳树，鲍村因此柳树成荫，易名柳城，沿用至今。

这让我想起了福建的福州，福州的每条道路上几乎都有榕树的影子。如果说榕树的独木成林，榕树的广博与包容是福州的气质，那么，柳树的温婉，柳树的柔弱与缠绵就是柳城的气质，无论谁来这里，它总舍不得让他离去。从此，柳树就成了柳城的模样。

现在的柳城，柳树还在，只是比想象中要少了些，"气质"淡了，不知道是什么时候少去的，是随着建筑物的出现而少去的么？我在心里默默为它祈祷：柳城，就让柳树成荫。那是它从前的样子，也是它该有的模样。

也许柳树并没有少去，是房子多了起来。江南水乡的画卷里，屋檐一天天在长高。不，不是屋檐，是洋房。洋房多了，天空浅了，地面不知不觉升高了，画面填满了，就像一个长高了的孩子，把从前的树挡了。

从前的柳城，我想象过它的模样：阳光像一个世纪前一样柔和，天空像一个世纪前一样蔚蓝，无数条炊烟在屋顶上飘散。每当日落的时候，满城的柳树连同街道和城池，能一直铺进太阳里去。生活在这里的人们，黄昏时都有着精致的面容，他们的脸一张张被日光照亮，他们打招呼，他们说上几句话，都仿佛镀了层金似的，金光闪闪，像是天神派来的使者。这时的柳城，是最好看的，满城尽是黄金柳。

太阳，在这里还有一种说法，叫"日头"。

当日头一点一点沉下去，它就开始安静了。安静得比其他地方要早。因为柳树是安静的。

除了柳城，附近一些村庄的名字也好听：江下，车门，白马下，前湾，祝村，丰产，丁鸟，郑回，冰坛，半塘，新塘……把它们连起来，可以说上几天几夜，说上一部天方夜谭。

这里的人讲话也好听。武义有方言，柳城有自己的方言，柳城的方言叫做宣平话。柳城人说"吃晚饭"，武义人听了，以为是"吃污泥"；柳城人说"鼻子"，武义人以为说的是笔，他们听成了"笔头"；武义人说"梳子"，柳城人说"头梳"，一定要强调梳子是拿来梳头的。武义人说"洗"，柳城人也说"洗"，可是武义人听上去分明就是"死"。传说有一回柳城人和武义人一同出差，清晨他们在小旅馆就干上了，武义人很客气，"你先洗你先洗"，柳城人也很客气，"你先'死'你先'死'"……

在好多人看来，这个地方的人们动不动就谈"死"，一大早就"死"来"死"去的，不吉利。但在我看来，那是他们淡泊生死，顺其自然，他们内心明亮，每天清晨就坦然面对最终的归宿。

虽然同在一个县域，相距不过30多公里，却有着截然不同的乡音，并且这种语言上的差异，让两地人在交流时产生一些有趣的歧义，是老天爷故意要制造一些矛盾，让他们把东说成西，把西听成东。

外地人听了这些，一定会传为笑谈。

柳城人说"我"，发音是"藕"。为什么会是"藕"？想来想去，可以这样解释：在柳城，除了柳树，还有一望无际的荷花，他们大概比北宋的周敦颐更爱荷花，比古往今来的任何作家更懂得荷花，他们没有拿太多的文字去赞美，但他们爱荷花爱到了骨子里，就把自己长成了荷花的根，扎根下去，只与大地交流说话。他们与泥土畅谈，与上帝创造的生命一一交流，所有的飞鸟、虫子、树木、河流……都相谈甚欢。这样的荷花结出的莲子也非同一般，有着独特的风味。对了，莲子也有自己的名字，叫宣莲，像邻家女孩的名字。

柳城好听，好看，它有柳树和荷花的模样。

有时候我们喜欢一个地方，喜欢那个地方的人，理由其实很简单，只是一个字——"在"。喜欢她"在"，喜欢从前的她还"在"。

柳城在，柳树在，黄昏在，司前街在。司前街是柳城最老的一条街，也是柳城最老的老人。老人在，就是故乡在。

司前街，有很多老房子。老房子中有年轻一点的，有更老的，像一群年龄不一的老人，坐在一块儿晒着日头。有些房子仅仅是为了遮蔽风雨，有些房子开始讲究雕梁画栋，疏影横斜，曲径通幽。这群老人，他们从来不着急要赶到哪里去，幸运的是，从来没有一辆叫做时代的列车在旁边气喘吁吁地催促他们。

他们不需要图谋什么，他们只要"在"。他们是仅存的一群老人。三十年河东，三十年河西，越来越多的老人被时代的列车带走了，越来越多的人，他们的故乡都在老去，渐渐沦陷。缓慢的、深入的、沉着的沦陷。

在人类身上有一种集体的记忆，这种记忆会代代相传，我们从哪里来的，就想回到哪里去，像鸟儿一样。当你想回又回不去的时候，只能找一处地方，安一个家，筑一个巢，就把此地当成自己的故乡。如果你不能在此处安家，那就回到这里走走，看看，把自己放进去，放回过去。

我在书中读到过这样一段话："一个真正美好的地方，就要有自己的山，自己的水，还要有自己的人。"

在柳城，我们成了自己的人。我们这些人都是无家可归的，我们的故乡已经不在了。就像我，我的故乡有一个很好听的名字，叫"山川坛"，20多年前，她被时代列车带走了。其实我还有一个故乡，那是我们祖辈最早待的地方，一个叫石头靠的村子，我从来没有去过那儿，也被列车带走了。

司前街，我当它是我的山川坛。那种感觉就犹如在天寒地冻之时，却有一条温暖的小溪，从心头淙淙流淌而过。在司前街，就是在山川坛。

当一座又一座的建筑物被拆倒被解散的时候，故乡就这样诞生了。然后需要重筑、勾勒它的模样。我们无法阻止故乡的离去，就像无法阻止父母变老，所以，唯一能做的，就是把握住在一起的时光。

要重新诞生一个故乡，要重新诞生一个安静的小村庄，至少需要两三百年的时间。

两三百年里，它是有多少的晨昏和日落，总有一个黄昏是属于我的，我想。于是像植物一样走了进去，阳光像一个世纪前一样柔和，天空像一个世纪前一样蔚蓝，无数条炊烟在屋顶上飘散，我像植物一样走了进去，像植物一样，从小到大，再长一遍。

元代的倒影

案上一小盆青苔。人种菖蒲，我植青苔，将野草搁在盆中，偶尔浇灌，比菖蒲少了修剪，甚是省事。比起"无菖蒲不文人"的说法，青苔是懒人的植物，无所谓文人不文人，它有青山的影子，看久了会发现它其实是青山的倒影。

青苔是青山的倒影，青山又是青苔的倒影。倒影最适合在人与物之间产生情趣的往返回流，它留下了美感的交流，有时甚至会让人没有了主次之分，谁又是谁的倒影？谁又为谁留下过倒影？

有了倒影一说，看什么都会去联想它。比如城郊的明招寺，就是东晋、五代、南宋的倒影，先是阮孚留下过，后又是德谦禅师，南宋的吕祖谦，陆陆续续留下了一些深深浅浅的影子，让人甚觉恢宏；比如毗邻草马湖的明王寺，绝大多数是后周和南宋的倒影，寺中六百年的牡丹，晚清何德润讲学的旧址，又略略有了清朝斑驳稀疏的样子。

假如美学有了重要的查漏补缺，应该补上"倒影"一说。人不能完全靠心灵创造出美来，依赖倒影倒是能诞生出不少隔了时空的往复回流。

倒影是隔着一个世界的，但它对于欣赏者永远是亲切的，凭借一小盆青苔，欣赏者实现了与朝代之间的"柏拉图式的恋爱"。比如元代对于我，就是如此的亲切，它真实的倒影在我面前，借助着陶渊明后裔所居陶村的延福寺，实现了与一个朝代的往复回流。

延福寺是隐藏在青山绿水间，不，应该说是青苔间，它看似散漫、毫不经意地坐落其中，却并非直接了当。藏在青苔间一抹朱砂红是它的围墙，似青山的黛眉，用上了欣喜的色彩，想起印度新娘盛妆时为自己点上的朱砂，满眼的青绿，忽然有了一些意外的闯入，怎能不叫见惯了青苔的人心动。

"群籁虽参差，适我无非新"。因为青山的一道黛眉，因为一些未能见上的美，因为可以步入青苔深处，于是继续前往……

假如说它是换了一种方式，一览无余地将黛眉下传神的双目铺开在我面前，也许就只能换来驻足片刻，而不是叩问云深处了。

往云深处漫步，不只是夜晚，白天在这里也可以万籁俱寂，山寺是没有时间的，没有人来人往的提醒，罗盘可以静止。几乎没有一座寺庙会堂而皇之地挂上钟表，因为佛历比农历、阳历更长，日出日落，月朗星稀，不需要时间。延福寺虽有宋代的铁钟，也是安静的栖息状，它一声不吭，如果实在要有，就让屋檐下雨帘的滴答声来代替，或者用院内两株五眼六通酸枣树的果实来代替。但换了晴天，雨帘滴答就不作响了；只要过了那个季节，枣树就不结果实了。多数寺庙是用燃香来盘算时间的，可是延福寺里没有香，它无须时间的介入，"天"这个量词对它来说又有什么意义呢？它走过的朝代又何必去计较行程的长短呢？

它是走过太多的时间了，从1317年走到现在，有七百年了，七百年要是换成脚步，该走多远的路了。走出去又回来，就眼前的山门来说，一开一合已是两个世界。有谁走了七百年，走出去又能走回来的？也许大多数会迷路走不回来，也许就是走到不了了之，随遇而安，历经七百年又走回来的只有延福寺吧，因为它不讲究时间。

把白天当成夜晚来享用，让白天成为夜的倒影。把元代当成当下来享用，让当下成为元代的倒影。"暮从碧山下，山月随人归"，请忽略白天和夜晚的行程，忽略太阳和月亮，忽略世界对我们的重要性，物我两忘。生命是可以包含着月光，却不得不在同时包含了一层透明的影子。

我想"延福寺"名字的意义，是在欣赏这一切的时候，人和神仙一样自由，一样有福。如果没有了欣赏，眼前这盆葱葱郁郁的青苔就是一个了无生趣的绿色囚牢了。

武棉和她的两千零一夜

从武义县城往东北，有一处纺车岭，古金武大道穿过纺车岭向北而去，它的南面是寺后垄水库，水库的南面是香山寺，所以叫做寺后垄。后来水库被一分为二，名字也一分为二，成了金湖和银湖，名称和质地都发生了变化，至于香山寺，早已荡然无存。

纺车岭上无纺车。直到1966年，纺车岭的东面开始挖地基砌墙脚盖房子。三年后，机器陆续搬了进来，1969年9月，纺车岭的东面传来了纺车的隆隆声，听上去是那么有节奏，铿锵而有力，纺车岭终于名副其实，织出了雪白的纱线，雪白的纱线由上百人敲锣打鼓彩旗飘飘送到了县政府，报喜信上是这样写的："已取得的胜利仅仅是万里长征的第一步，我们决心在毛主席革命路线的指引下，鼓足更大的革命干劲，迈开更大的革命步伐，努力攀登新的高峰，为人类做出更大的贡献。"

万里长征的第一步，武义棉纺织厂诞生了。武棉，是"七棉"之一，"七棉"好比七仙女，它们是：浦棉、常棉、缙棉、嵊棉、仙棉、慈棉和武棉。

武棉的发音，似绵绵不绝的流水，流经390台织布机，还有这里的2000多人。

2000多人，就是两千零一夜，比一千零一夜的故事还多出一倍。

武棉的东北角，是缝麻袋车间。缝麻袋车间是所有车间中最安静的，在那一带青灰色水泥丛林的厂房中看上去格外惹眼，如果屋顶有烟囱的话，大概只有那里会冒出巫气来。这座建于上世纪60年代的仓库像是一座古老的城堡，墙面长满了青苔，青苔几乎要覆盖整个建筑。午后的阳光，会透过顶窗，一点一点照射到仓库外边的地面上、青苔上，但阳光不会照进仓库里，因为仓库比地面要低。拾级而下，平缓的台阶上长满了青苔，除去两个脚印的大小，都被草青色覆盖，青苔打滑，一摔跤，屁股就会蹭上一块草青色，像是打上了胎记。整个屋子是潮湿的梅雨季过后，从地面上长出的一朵灰暗的蘑菇，蘑菇的根深埋在脚底下，阳光只能逐格向前方迈进，一步一步远离它。黯淡无光的屋子里，一群女人围成圆圈，穿针引线，编织着手中的麻袋。

　　她们坐在麻袋堆成的小山上，像是安徒生童话里的艾丽莎。一眼望去，连绵不断的麻袋高低错落，如一座座山峦，山峦起伏，让你禁不住屏声敛息，仿佛见到的是《圣经》里的彩色印刷画。

　　艾丽莎采集墓地里的荨麻，是要为11个变成野天鹅的哥哥编织披甲。艾丽莎不能开口讲话，她只要一开口，哪怕是一个字，也会像一把锋利的短剑刺进哥哥的心里。哥哥的性命就悬在艾丽莎的舌尖上。

　　缝麻袋的女工可以开口说话，她们一天的大部分时间用来讲故事，手眼并用，不耽搁说话。麻袋是所有纺织品的包装物，无论多么光鲜亮丽的棉布纱线最后都装进了粗糙的麻袋里。

　　棉纺厂有2000多人，围着机器转的就有1500人，除去办公室、食堂、医务室、托儿所、子弟小学和车队，机器旁都是男高音和女高音，他们像一台台整齐的海燕牌收音机，将音量调到最大，只有缝麻袋车间的声音如燕子低飞回旋。

　　每一个故事在被讲述的时候，都如船切开了平静的水面，船离码头，讲故事的人是船长，船上的人一动不动，耐心地等着船到达目的地。她们讲故事的时候往往不动声色，口齿冷静，俯视故事中的每一个人物，若不喜欢其中的某一人物，就会在将来的叙述中改变这一人物的命运。

车间的对面是废品仓库，堆放着从其他地方搬来的铁丝、边角料、废弃的机器和零部件。不远处，390台织布机正努力攀登着新的高峰。一排排车间错落着排布开来，远远望去，像是一缕飘拂在暮色中的炊烟。

缝麻袋车间的故事里有早晚门市部，早晚门市部的雪花膏装在玻璃瓶里，新到的百雀灵香喷喷的，卖到瓶底香味就浅了就淡了。城里百货公司的柜台上摆着像稻谷一样金灿灿的开司米，穿一件麻花辫的开司米出门会让整条街都亮堂。最让人期待的是城里枪毙犯人，白纸黑字的布告贴在法院门口，法院就像阎王爷，大笔一挥，想勾谁的名字，打上一个大红勾，一条命就这样一笔勾销了。枪毙的时候，人山人海，犯人倒下，围观的人也倒下，有一回人海就压在了死人身上。枪毙的人里，强奸的有，杀人的也有。杀人，有时是为一块表，也为几斤粮票或者几张钞票，有时是为一段恋情。

布告里有六个酥饼，一个酥饼换来一年监狱，六个酥饼就是六年。讲故事的人说，不小心多偷了几个，不划算。说到这里，她咽了下口水，好像刚刚尝过一个酥饼。

纺织女工，有城里来的，有杨家矿的，有村子里的，还有宁波女知青。宁波女知青一个个都像天上掉下的林妹妹，她们皮肤白嫩，即使眉眼清淡，也有一股说不出的韵味，很抓人。

两千零一夜的故事里，就有纺织女工：谁跟谁找对象；谁的情书里有"无限风光在险峰"，因为严重贬低了毛主席的诗词，记大过，写检讨。检讨书被装进档案袋里，永久保管。

"无限风光在险峰"的红头文件上是这样写的：由于不认真学习马列和毛主席著作，不努力改造世界观，工作随便，生活作风自由散漫，逐步滋长了资产阶级腐化思想，在男女关系上犯下了严重错误。

哪怕是一丝风吹草动，都会被收入眼底，纺车岭的每个角落都装着看不见的监控。有女工下班约会，连她自己都不知道，她的头发上还沾着棉花屑，于是一纸红头文件紧随其后。都是棉花惹的祸。

可以有开司米，可以有雪花膏，可以有酥饼，但是不可以有爱情。

1983年夏天，我在缝麻袋车间写作业，那里没有桌子，我就跑到医务室找了张空桌。作业是组词，组五个跟"爱"有关的词语，我写下了所有能想到的：爱祖国、爱人民、爱劳动、爱学习，最后一个，弹尽粮绝，想了想，提笔写下"爱情"。刚落笔就被人发现，那人发出一声惨叫，紧接着整个医务室的人如潮水般涌进了屋子，他们对我左看右看上看下看，把我看成了一个犯人。

武棉的托儿所，老师手里的小铃铛就是这样唱的：我的小铃要表扬，表扬谁，谁谁谁真光荣。我的小铃要批评，批评谁，谁谁谁真倒霉。

小铃铛如警钟在围墙内外昼夜敲响，可还是有更多的人步后尘。夜晚的板栗山是情人坡，有些女工从那里回来没多久，肚子就大了。厂里有条不成文的规定：男女年龄相加大于50岁方可登记结婚。小于"50岁"，即使两情相悦也不让收割庄稼。关于大肚子，红头文件也有固定的格式：某某某同志在"文化大革命"中有缺点错误，受到批判，并发现其乱搞男女关系，故作辞退处理。

红头文件一个接一个，比生产线上的还要多。

有一对年轻人好不容易熬到了"50岁"，平常他们都是一前一后出门，没人知道他们谈恋爱，据交代他们结婚前从来没有碰过对方的手，结婚后仍保持着一前一后的距离，像地下党。

两千零一夜的故事里，有好消息，也有坏消息，坏消息永远比好消息多。她们讲故事的时候，我在一边听，我不说话，只要我一开口，就是提醒她们我的存在，她们就会用警惕的眼神扫视我，仿佛突然发现了窃听的人。可是为时已晚，我早已获得了故事的精髓，此时正在咀嚼其中的精彩片段。于是她们用鄙夷的眼神瞪我，让我到外边去。

小学五年，班主任在我的成绩单上写得最多的就是：多关心集体。我不知道该怎样关心集体，是每天端个脸盆拿块抹布擦桌子擦黑板，还是准备一把伞随时递给没带伞的同学，让自己淋雨。也许是我的作文里缺少光鲜夺目的事迹，比如在放学路上扶一把过马路的老太太，可是老太太们根本不用扶，她们健步如飞，走不动的都在家里。这件事要怪就只能怪缝麻袋的女工，是她们不给我讲话的机会。

为了改造我，班主任又让我当生活委员，这样可以多关心集体。生活委员就是在上午第二节课结束后去食堂领一篮小面包小饼干，发给全班同学。我当了两年生活委员，发了两年的面包和饼干，没有出现任何差错，可也没有什么长进。后来我又被留下打扫教室，这件事耽误了我回家。棉纺厂离县城有好几里路，厂里的孩子上学放学都有厂车接送。司机根宝，三十好几了还没娶媳妇，为抓住青春的尾巴谈恋爱，根宝总是没到点就油门一踩提前发车。我扫完地扔了扫把就去赶车，边跑边喊根宝根宝，可根宝的眼里只有媳妇。

我只能轧着车轮印回家。如果运气好的话，还能遇上骑自行车回厂的工人捎上一段。如果运气不好，又逢下雨，淋着雨，就没人看见你在哭。寺后垄水库是回家的必经之路，来这里的，除了像我这样赶不上车的，还有恋爱中的男女。纺车岭除了情人坡，还有情人湖，月光很好的夜晚，情人湖边有无数热恋的身影。热恋的来这里，分手的也来这里，这就会带来坏消息。坏消息有时候让人想不明白，想不明白了就跳下去，就像婴儿回到羊水晃悠的子宫一样，怎么来怎么回去。我踩着他们走过的脚印，每一步都很沉重，天色渐暗，湖面上像抛过光，闪闪发亮，引诱着岸上的人。当他们飞起的瞬间，半空中滑出了一道妖娆的弧线，轻盈得简直就像一只在水畔飞翔着的蓝蜻蜓。想到这里，内心迎来一片荒凉和恐惧，忧伤如乌云压在了我心头。

平静的湖水，盛满了绝望。生活在水边的人，常常以这样的方式结束自己的一生。他们干涩枯竭的脸上，在入水的一刻淋上了一片晶莹闪亮的水滴，仿佛下了一场露珠。光有露珠还不够，岸上的金银花不由得随之撒下了几片白羽似的花瓣，用它们的凋零，为另一世的盛开，送上一缕幽香。

红头文件是最后一件衾衣，为死去的人盖棺定论：

某某同志缺乏无产阶级人生观，中了孔老二的封建道德毒害，性格软弱，不能正确对待和处理封建观念压力和恋爱问题。又接受了孔老二的妇女贞洁，从一而终的封建道德，左右为难，进退不得，在无脸见人的情况下产生了自杀的念头。某某同志自杀身亡后，本厂负责人李某某和刘某某等同志做了死者家属工作，由参加抢救的县、厂医务人员分析了抢救过程，经与死者亲属协商后决定：1、将尸体安葬于厂区附近；2、安葬费由本厂开支。

大地如一张蓦然张开的巨大的扁平的复眼，向上苍张开了它的怀抱。水面辽阔安静，它的深处却藏着美丽的水妖。

我边跑边哭，与每一个灵魂的猝然相逢，都让我闻见了死亡的气息。

落水的多为女子。不是所有的自尽都能成功，水路没去成，就换另一条路走。当我在作业本上写下"爱情"后不久，医务室有400粒苯巴比妥安眠药被盗，案件一直没有告破，最后在遗书里发现了。写下遗书的日子距离安眠药被盗已去时久远，药片早已过期，但仍发挥着药效。也许是担心失效，400粒安眠药一颗都没落下。

她们的名字，就像黑夜尽头的星星，一颗一颗地在水面上消失。

水库边的投水，城里的上吊，村里的喝农药。村里有农药房，偷一瓶就足够了断一生。很少有人会舍近求远去寺后垄水库，也许能走完这一段路，人生也就回头了。城里也有熟溪河，但城里人很少会去投河，大概是因为岸上有人，河里也有人，钓鱼的，摸螺蛳的，都会挡住他们的去路。传说自尽的人，是不允许坐中堂的，他们被称为门外鬼，不可以在堂屋设灵，灵床只能停留在巷口或弄堂口，死者面对天空，蒙上一片白布。

戏院对面的下何巷，中间最宽的那一段，正好可以安放一张床，下何巷的孩子放学，看见远处有白布，就知道下何巷又少了一个人。

缝麻袋车间的听众除了我，还有子子孙孙无穷尽的老鼠。如果你在缝麻袋车间看见老鼠经过发出一声尖叫，那说明你没见过世面。那里的老鼠比猫大，它们的主食是瓜子壳，在既温暖又潮湿的麻袋王国里，它们自由穿梭，是那种不离不弃的穿梭，它们都听故事长大。

只有当厂区的上空出现飞机的时候，老鼠不敢抬头张望。有一天晚上，飞机如山鹰盘旋在纺车岭的上空，与缝麻袋车间的屋顶擦肩而过，差点就要掀翻屋顶上的瓦。从飞机上散落无数红的绿的传单，如下雪一般纷纷扬扬，传单铺满了整个屋顶，像是被泼上了油漆，除了传单还有压缩饼干和衣服。有人抢吃的，有人不敢抢，怕饼干有毒。传说飞机来自台湾，怕中毒的就去捡传单，手脚快的一次能捡28斤，挣一大笔钱。后来这些传单都被收回，不让进废品收购站，像文物一样看管了起来。

传单上的内容，图文并茂，大致跟美国之音相同。除了听缝麻袋车间的故事，我也跟我爸偷听美国之音。

每当要收听美国之音的时候，我爸就把收音机的音量开到最低，生怕被人举报，卷入革命的浪潮。我们差不多是趴在收音机上听的，我的脸贴着收音机的红底印花绢布面，我们家所有的窗户都紧紧关上，不让一丝风进来，也不让一丁点声音溜出去。我忽然就觉得，美国就装在收音机里，嗞嗞嗞，美国是一连串的杂音。

除了美国之音，还有很多反动的电台，台湾的、英国的、苏修的。台湾的电台总是在月黑风高的夜晚大声呼喊他们潜伏在大陆的特务，2354100，2354100，请你收听，请你收听，有5635687与你联系，与你联系。声音听上去十万火急，一串数字呼唤另一串数字。当不小心收到这样的频道，就像收到了一枚定时炸弹，我爸赶紧将收音机关上，不让特务组织的十万火急在屋子里生根发芽。

我爸说，听电台是会被枪毙的。城里有人因为听电台加入了特务组织，后来就被枪毙。他这样说的时候，我就觉得我们父女俩是死里逃生，听了那么久的美国之音竟然还活着。

缝麻袋车间紧挨着医务室，循级而下是缝麻袋车间，拾级而上就是医务室。医务室和缝麻袋车间一样，都是一层楼，有浅浅的走廊，它们一个在地上，一个在地下；一个弥漫着消毒液和酒精，一个湿乎乎的潮气直往鼻孔里钻。医务室把能抹白的地方全抹白了，除了瓦没有抹白。好像蓝天白云下，多了一件白大褂，从里边飘进飘出的也是白大褂，一眼望去尽是苍白。

医务室主任是部队复员的老军医，广东人，讲着永远让人听不懂的广东话。

医务室的工作人员，既是医生又是护士，既打针又配药，除了老军医，他有单独的一个房间，相当于院长办公室。

没多久，医务室来了位宁波男知青，小伙子姓芩，未婚。没几天，芩医生就哭着从注射室里跑了出来，他那天的工作是打针，病人坐在高高的四条椅上背对着苓医生，亮出臀部的一小片肌肉，董医生由此联想到他将来可能要面对2000多个屁股，其中绝大多数来自女性。

这回下发的红头文件是关于不让苓医生打屁股针的，文件上还说，让注射室挂一片布帘。注射室于是就有了一片布帘。从此四条椅由布帘挡着，像垂帘听政。

武棉的姑娘，命运多与棉花有关，每一朵棉花都不一样。她们先是去宁波的和丰纱厂学习，学成归来，才可以在织布机上独自上岗。1969年，林彪的儿子林立果在全国选美，选到宁波站的时候，武棉姑娘榜上有名，入了候选名单。选美的条件十分苛刻，脸型、肤色、三围、家庭出身、学历等等都有关，好像林立果是跟一堆数据谈恋爱，而不是跟一个人。后来，落选的反而成了幸运者，落选了可以像棉花一样平常，可以平平安安过日子，没有了那么多的跌宕和起伏。

人和棉花都一样，只要盛开过，心底里就存了一辈子可以回味的香气。

上世纪70年代，有一本书叫《少女之心》。年轻人在偷看这本小册子的时候，都会套上毛选的红塑料皮，以免被发现。1975年，公安局派出工作小组来武棉调查手抄本《少女之心》的流行情况，几乎每个车间都有人看过抄过《少女之心》，还有一小拨人传抄的是《半日情狂记》《塔里的女人》《十里亭》。这些手抄本后来又流传到了印刷厂、电厂、建筑材料厂、化肥厂、农机厂、犁耙厂、建筑公司，一站接一站。工作小组认为《少女之心》与流氓存在着对应关系：凡是流氓都看过《少女之心》，凡是看过《少女之心》的都是流氓，《少女之心》是砒霜，是鸦片。

他们不知道，他们身后的寺后垄水库就是一颗干涸的少女之心，天已黑，没有月光为它照亮。它不是河流，可以流向更远处；它是一潭死水，死水微澜。

武棉浴室略记

上小学的时候，每到寒暑假，棉纺厂就成了冬令营和夏令营的所在地，厂区里到处都会出现孩子们的身影，他们都是跟随父母去棉纺厂上班的，没有补习班的年代里，棉纺厂是他们唯一的去处。这时候的厂区看上去要比平常热闹，随着他们的出现，食堂也是人头攒动，去晚了就没饭吃。

食堂的大锅饭是用蒸饭柜蒸出来的，蒸饭柜一层又一层，薄如抽屉。师傅们把抽屉拉开来，平铺排放整齐，他们用专门盛饭的小平铲划给我们一块正方形或长方形的米饭，就像划给我们一小片领土，透过玻璃窗将"领土"递进我们的盆里，随着米饭不断瓜分，食堂开始热气腾腾。

人多力量大，这句话到了食堂最有说服力。也许是人山人海加上大锅饭的作用，有一回我一口气吃下七两饭，震惊了在场所有人员，他们对我刮目相看。七岁吃七两，一时成为广为流传的段子，走到哪都有人对我指指点点，我听见他们在议论纷纷：那个小姑娘，就是七岁吃七两。真的？真的。

……

在七岁小姑娘的眼里，七两米饭中的每一粒都带着嚼劲，都透着整锅的香。

同样热气腾腾的还有浴室。棉纺厂建有全县最大的浴室，就在食堂的楼上，到了周末，浴室就成了全县人流量最多的地方。浴室本来是提供员工洗澡的，但随着全县人民慕名而来，就成了解决全县人民洗澡的场所，当然进出浴室要凭票。这个时候每家每户开始攒浴票，有亲戚在棉纺厂上班的浴票比较容易拿到，没有亲戚的要托关系，人们也会互赠浴票，收到的当然如获至宝。

棉纺厂浴室不但面积大，设施好，地上还贴着马赛克，踩在上面就像踩着一张巨大的拼图。对全县人民来说，电影院可有可无，电影可看可不看，但是不洗澡不可以。到了周末，那里面就是人山人海，高峰时段一个水龙头要挤五六个人，有时候洗干净了冲出浴室去更衣的路上，会被突如其来的肥皂泡又冲上一身，因此澡堂里面吵架事件也时有发生。

有些事一旦失去了遮挡，就会有出其不意的效果。在浴室的灯光下，她们浑身的肌肉都在颤抖，明晃晃的水龙头，照耀着每一寸肌肤，谁都寸土不让。由于性别关系，我只进过女浴室，我想男浴室大概没有这么多寸土不让，从没听说过男浴室为洗澡吵架的。女浴室不同于男浴室，进出女浴室的往往还带着小孩，有些是小男孩，有些小男孩显然有点大了，不那么方便。于是周围就有群众对小男孩的出现有意见，她们一边拿毛巾挡住身体的关键部位避免被小男孩直视，一边建议妈妈带走男孩，让他去男浴室。妈妈当然不愿意把已经脱光了身子的男孩送出去，她们就为小男孩吵了起来。

脱光了身子的女人和同样脱得一干二净的女人，旁边站着无辜的小男孩。出现在女浴室的小男孩仿佛得罪了整个浴室，他像泄了气的皮球，一丝不挂，耷拉着脑袋，有时他会拿双手挡住自己的关键部位。激动的女人大概忘了小男孩的存在，她们赤裸相见，据理力争，胸大的往往抖得比较厉害，胸小的也不服气，挺身而出。浴室的争吵，基本围绕两大主题：不是谁霸占了水龙头，就是谁带上了不该带的小男孩。渐渐地，旁边就会围上一群一丝不挂的女人，她们听得很专心，偶尔发表一下意见。如果一群一丝不挂的女人都站在小男孩的对立方，那这个时候的小男孩就有点尴尬了，他的目光将无处安放，而他也将无地自容。

自从棉纺厂的浴室对全县人民开放，只要到了冬天，整个厂区都弥漫着硫磺香皂的味道。

食堂是一栋两层楼的建筑，一楼吃饭，二楼洗澡，分工明确。食堂门口有面国旗，迎风飘扬，精神抖擞。洗完澡抬头看一眼五星红旗，一切争吵都随着红旗飘飘烟消云散。

离食堂更远一点，是棉纺厂专为哺乳期女职工建造的母子间。母子间一间紧挨着一间，只有一层，屋顶铺着瓦。房间很小，没有窗，只能容纳一张小床和小桌。棉纺厂到底有多少女职工，没有确切的统计数字，但是母子间供不应求是事实。女职工上班，就把孩子托付给保姆或外婆带，留一老一小在房间里。

到了夏天，母子间酷暑难当，没有电扇，没有任何的降温措施，有一位外婆实在受不了，干脆把衣服脱光，只剩一条内裤，她抱着婴儿在母子间附近蹓跶，飘飘然似一无挂碍，当然她也无所畏惧，坦坦荡荡。

母子间的对面就是车间，是上下班必经之地，男职工不忍直视外婆的存在，那阵子他们不是侧目小跑，就是找最近的一个车间，低头穿过。后来孩子断奶，外婆再也没有出入于母子间，可是路过的男职工仍心有余悸，不时朝那扇小门看上几眼，仿佛外婆还在那里，说不定什么时候会从天而降。

厂车的故事

　　1985年，我上小学。那年我10岁，每天坐厂车从郊区的棉纺厂到壶山小学上学。我们一群坐车的孩子都在消防队下车，消防队是全县的标志性建筑，只有消防队才配拥有两扇火红的油漆大门，里面还有一辆红得耀眼的消防车，看上去一片红火。

　　消防队的大门紧闭着，除非发生火灾或者消防演练，火红的大门才能打开。消防车出现的时候，一路狂啸，像一团火焰，让马路上所有的行人和车辆都让开。那时连自行车都要凭票购买，更别提汽车了，现在回想起来，消防车可能是我见过最早的汽车。

　　当然还有每天接送我们上学的厂车。厂车在全县屈指可数，只有棉纺厂这样上千人的大工厂才能拥有。在我看来，厂车的稀缺程度不亚于多年以后才见上的绿皮火车，它的车厢也是长长的，转弯的时候，整个车厢里的人都像毛毛虫那样发生漂移。当我们乘坐厂车上学的时候，全校师生，不，是全县人民都会投来羡慕的目光：瞧——棉纺厂的来了。看——那是他们的大汽车。

　　我们是棉纺厂的孩子，坐汽车对我们来说是最平常不过的一件事情，也是值得骄傲的事。可是对于大多数孩子来说，他们连车门都没有碰过，由于激动有的一坐上车就开始晕。

棉纺厂的孩子不会晕车，他们在消防队下车，然后步行到壶山小学，开始一天的校园生活。从消防队到壶山小学，每个人都是一步一个脚印。

当时厂里也有武棉子弟小学，只有一名代课老师，是职工家属，她身兼数职，一人统领一到二年级的所有教学任务，语文数学体育音乐美术等等全都是她一个人在上，她看上去温文尔雅，说话轻声细语。由于棉纺厂人口众多，她来子弟小学教书这件事，财务科可能忽略了，竟然忘发工资数月，直到她跑到厂长办公室哭诉，大家才恍然大悟，开始正视这名代课老师的存在。

到了三年级的时候，子弟小学的孩子统一输送到县城的壶山小学。我没上过子弟小学，那时我的外婆就住在城里，离壶山小学很近，一年级我就住在外婆家，然而我并不幸福，这是我的人生一大遗憾，因为我错过了好多坐车的机会。

为了能坐上厂车，放学的时候我让同学顺路给外婆捎个口信，不等外婆赶到学校拦截就跑到消防队门口跳上亲爱的厂车。

棉纺厂有专属的车队，接送孩子的任务交给司机根宝来完成，车队队长大概是想让他早点起床，养成生活作息规律。根宝同志30岁了还没娶媳妇，所以开车的时候总是心不在焉，他大概一天中的多数时光都用来憧憬到底跟谁谈一场恋爱。

那些年根宝跟恋爱几乎是绝缘的，他太黑了，像多年以后的美国总统奥巴马，棉纺厂的未婚女性群体虽然庞大，但喜欢奥巴马的毕竟是少数，所以根宝不是单身，要不就是单相思。在他单身的岁月里，我们就要迟到，一车焦急等待出发的孩子就会推选出一名代表前去敲车队的门，高喊根宝起床，根宝起床。而我从来不敢去喊，他们也不会选我去，我的出现丝毫不起作用，他会在梦中大呵一声，把我吓得再也不敢靠近。

与恋爱绝缘的根宝有一天突然就从海南岛带回了一个姑娘，姑娘个子小巧，一看肤色就是正宗海南岛的。没过多久他们就结婚了，有了媳妇后根宝的生活规律多了，我们再也不用派代表去喊他，媳妇会叫醒他。

1985年3月，发生了一件很重要的事情。那天放学，在消防队门口的车上，坐着一位比我们更早到达的老人。他一身黄绿色军装，头戴军帽，胸前挂满了军功章。

他端坐着，望向车窗外，凝视着远方，一脸慈祥。他是谁？他去厂里干什么？他的神态一眼望去便跟周围的人不一样，有一种自带的光芒。有孩子好奇地上前打听，顺便道出了我们集体想要得到的答案。他平静的目光从远方投回到我们这群孩子身上，就像一小束光准确无误地从车窗外完成对外部世界的浏览，然后打道回府，安放在我们身上的时候是那般的温暖。

他缓慢而又从容地吐出了"雷锋"两个字。在他道出"雷锋"的时候，我们所有人都倒吸一口气，在那一刹那有股神奇的力量吸引着我们，那恐怕就是气场，英雄的气概。当然，他不是雷锋同志，我们早就从教科书上得知雷锋早已不在人世。他是雷锋的班长，是雷锋身边的人物，是去厂里做报告，号召更多的人向雷锋同志学习的。

那是我们人生中第一次近距离接触英雄人物，所有人都巴不得根宝忘了发车这回事，好让我们跟英雄在一起的时间更久一点，所有人都围住老班长，向他打听关于雷锋的消息。

雷锋，这个神圣的名字，意味着他身边的人物也同样进入教科书，神圣，遥不可及。

后来我在一本书中读到关于"文化大革命"的故事。有一位叫顾阿桃的农村妇女，目不识丁，连名字都不会写，却能将革命的红宝书倒背如流。后来这位顾阿桃同志被林副主席接见，并亲切握手。

据说顾阿桃同志回老家后没有洗手，村子里的人都找她握手，据说握了她的手就相当于握了林副主席的手，握了林副主席的手又相当于握了毛主席的手。顾阿桃的手多么神圣啊，怎么可以洗呢。

而眼前这位胸前挂满军功章的雷锋班长，跟他握手，跟他交流，就是跟雷锋同志实现了握手和交流。

那是比天天坐车还值得骄傲的一件事，跟雷锋的班长同坐一辆车，他跟着我们这群小屁孩，到厂里为上千名职工做雷锋事迹报告，而他在车上提前向我们透露了报告的内容。那天的晚饭，几乎所有的孩子都在餐桌上向家长透露了当晚雷锋报告中将会出现的内容。第二天上学的时候我们仍然期待他的身影，他没有出现，报告会结束后他被另一家单位接走，继续去讲雷锋的故事。

数月之后，我们仍然对雷锋班长津津乐道，仿佛他一直在我们身后，安详地端坐着，目光眺望远方。

没过多久，发生了一件很严重的事情。由于根宝同志在等放学的孩子期间下车闲逛，车门敞开，有一位先行到达的孩子就跳上了羡慕已久的司机宝座，模仿根宝平日的动作，将车子开出了五十米外。

闲逛中的根宝掐灭香烟赶回阻止了他的行为。这位姓左的男孩是武棉子弟小学代课老师的儿子，人称左氏兄弟，他是弟弟，哥哥如他们的母亲一般温文尔雅，而弟弟平常都喜欢坐在驾驶室旁发动机的盖板上。虽然到了夏天发动机周围如熊熊燃烧的锅炉，可是他每天雷打不动坐那上面，可见蓄谋已久，他忍着发烫的屁股，占着优越的地理位置，观察根宝的一举一动。

这件事情导致棉纺厂的学生在壶山小学出了名，校长将全校师生召集到操场上，对男孩进行了严厉的批评。批评仅仅围绕"罪行"是不够的，那样只要一句话便讲完了，于是我们的校长大胆设想了继续行驶五十米甚至更远可能造成的后果：说不定会撞上马路对面的墙，说不定会在慌乱中一头栽进消防队，撞上消防车……那将对人民群众的财产造成难以想象的损失。

是啊，如果消防队被撞上了，消防车也被撞上了，而这个时候恰好某处发生了火灾，那么整个县城都将连成一片火海。校长说到这里异常激动，仿佛身处火海之中。

从那以后，根宝坐车上丝毫不敢懈怠，再也不让人坐他边上。而男孩自从出了名便沉默寡言，即使一言不发，他身上也有了一种自带的光芒。

他们去看电影

从前武义县城还没有电影院的时候，棉纺厂的小伙子要为看电影发愁，因为谈恋爱少不了电影。

有时候电影放映队会来，那种操场上的露天电影人山人海，放的多是战争片，只要屏幕上出现"冲啊"，全场都跟着喊"冲啊"，所有人的身子都向前倾，差点要跑到幕布里去，那场面太热烈了。可惜谈恋爱不需要冲锋陷阵。如果一男一女同时出现在操场上，那说明他们的恋爱关系已经公开了，可见电影的露天方式不利于地下恋情的发展。

虽说武义县城还没有像样的电影院，但是年轻人很快就打听到邻县永康就有一座新建的电影院，宽银幕。他们想尽办法要去永康看电影，怎么去？当然是骑自行车去。

自行车，分"公车"和"私车"，车牌上方有块铁皮，上面有字：白底红字为"公"；白底黑字为"私"。寻常百姓家拥有一辆"私车"的可能性极小，在露天电影的年代里，自行车还是奢侈品。还好棉纺厂有上千人，自行车又是非常重要的交通工具，当然就拥有数量可观的公车了。

公车私用本不允许，但为解决适龄青年的终身大事，管公车的人网开一面，允许晚上借用公车，公车只能晚上借，因为天黑了看不见。

想想自行车后座上那娇羞可爱的女友，一身洁白或粉红的的确良衬衫，即使回来的路上夜已深，但你侬我侬月儿朦胧，两人同披一身月光，也是无比浪漫。几场电影看下来，恋爱就顺风顺水成了。

自从永康县城有了电影院，从棉纺厂骑车出发去看电影的队伍渐渐庞大，他们成双成对，浩浩荡荡，下了班收拾干净的都是准备出发去永康的。听说有一回骑行的路上，有人把池塘看成了月光下平静的水泥路面，连人带车一头栽了进去，一男一女同时落水。这个插曲是车队中的一员说的，我怀疑落水的就是他自己，他不但落水，还审时度势，将剧情扭转上演了一出英雄救美，否则不可能落水后没多久他们就成婚了。当我提出疑问时，他打死也不肯承认，我想找他的新娘问问，一直没找着机会。

浩浩荡荡的自行车队骑进永康县城的时候，最光荣的就属我爷爷。电影院就在爷爷家的马路对面，棉纺厂的年轻人都把自行车停在爷爷家门口，托付给爷爷看管。爷爷从前是一名制伞的手工艺人，他很注重细节，姑娘小伙们都去看电影了，爷爷就将所有的自行车按序摆放整齐，龙头方向一致，所有的铃铛平行，一眼望去像卖自行车的。一排自行车守卫着爷爷的家园，或者是爷爷坐拥了一个自行车王国。

后来我听二叔说，只要那天是看电影的日子，大半个县城的人都会聚集到爷爷家门口看自行车王国。我觉得他说的有点夸张，大半个县城的人都赶来了，想必自行车在永康就是极稀罕的了。

街坊邻居跑来参观我是相信的。那年三叔结婚，借了几辆自行车，邻居们都来看了，我以为他们是来看新娘的，原来他们是来看自行车的，他们管自行车叫"脚踏车"。他们不关心新娘长啥模样，只管接新娘的脚踏车里有没有"凤凰"

和"永久"。"凤凰"和"永久"都是最著名的自行车品牌。

自行车称为"脚踏车"倒还说得过去，毕竟那是脚踩的，让人想不明白的是缝纫机，明明哪也去不了却被称为"洋车"，最著名的"洋车"是"蜜蜂""蝴蝶"和"西湖"。

当年骑车到永康看过电影的，后来一对对都成婚了，结婚的时候他们都用攒下的钱为自己置办了一辆"洋车"。"洋车"的"车头"上蜜蜂蝴蝶成双成对，翩翩起舞，就像当年看电影的他们。

大白兔和高粱饴

从前棉纺厂有个孙大炮，原名孙启龙，山东人，大高个，爱喝酒，说话像放炮一样，不知是谁给他取名"孙大炮"。

孙大炮的老家在山东临沂，他的妻儿老小都在临沂的农村里，他孤身一人在南方，难免寂寞，于是经常在棉纺厂的家属院里蹭酒喝，蹭的最多的就是我们家。他是我们家的常客。

小时候，最期盼的一件事情不是上哪玩，也不是能穿上漂亮的衣裳，更不是希望孙大炮上门喝光了咱家的酒，而是盼着他能早日回家探亲。

因为他每回一趟老家，就会带给我一包高粱饴。

对我来说，小时候吃过最多的糖大概就是高粱饴了。

高粱饴是高粱做的。每回孙大炮把一包透明塑料袋装的高粱饴递给我的时候都要隆重介绍一遍，他好像是把老家高粱地里的高粱割了一小块给我似的，这时候的交接仪式显得十分隆重，那是他省吃俭用省下的，他舍不得吃一粒，也舍不得给家里的孩子们吃，但是再万般不舍也得给我一包，因为有了高粱饴他就可以名正言顺坐下喝酒了。

孙大炮很少回家，因为路途遥远，光路费也得一大笔钱。这就意味着高粱饴的珍贵，一年仅此一包。

南方长大的孩子连高粱长啥样都不知道，见上了高粱饴就如同见上了高粱。怀着对高粱的无比崇敬以及对北方的无限向往，我剥开黄灿灿的糖纸，又软又糯又香又甜的高粱饴，让我有点舍不得咽下它。

因为孙大炮，我第一回闻见了来自北方的气息，北方是软的，是糯的，是甜的，北方有遥远的高粱地和裹着薄薄糖衣的高粱饴，它让我的童年充满了一丝丝的甜蜜。后来电影《红高粱》上映，我忽然就从电影里看见了孙大炮家的高粱地，我相信他们家的高粱就是长那样的，有着最蓬勃的生命力，最张扬的色彩，以及浓烈色彩下的清贫生活，电影画面里出现的就是拥有着广袤高粱地的孙大炮。

棉纺厂除了少数北方人，还有来自上海的师傅。我也同样盼着上海的师傅们回乡探亲。王师傅和昌师傅是一对上海来的夫妻，他们从上海到郑州，又从郑州到浙江，都是为了支援当地的棉纺厂建设。到了浙江，他们就扎根在武义，昌师傅和王师傅每回一趟上海，就会带给我当时最高级的大白兔奶糖。

传说一粒大白兔奶糖相当于一杯牛奶的营养，有了一杯牛奶的传说，大白兔奶糖的吃法就有别于一般的糖果了。拿开水冲泡，化成牛奶来喝，一天一杯，多一杯都舍不得。省着点喝的话，一包大白兔可以喝上大半年。

喝下大白兔奶糖如同喝下了一碗仙草，仙气飘飘，那是令人值得骄傲的一件事情。同学中能吃上大白兔奶糖的并不多，只有那些爸爸跑供销的才有机会吃上，那些没见过大白兔奶糖的，一听说"大白兔"三个字都傻愣愣的，当听说用大白兔奶糖冲泡当牛奶喝时，他们都悄悄咽下了口水。

上海比山东要近，昌师傅和王师傅回老家的频率明显要高于孙大炮，这样我也就经常能吃上大白兔奶糖了。相比之下，高粱饴充满了乡土气息，它的糖纸几十年不变；大白兔不一样，看一眼糖纸就明白那是从大城市来的。

孙大炮有三个儿子一个女儿，妻子虽说是上海人，但跟着他去了山东老家务农，没有工作，家中有四张嗷嗷待哺的嘴等着他。上世纪80年代初他就退休了，退休时他从山东老家带回一个儿子顶职，顶职就好比古时候皇帝的禅让，让子女顶父亲的工作。这回顶了孙大炮工作的是最小的儿子孙颜厚，另两个儿子孙大炮把他们交给了高粱地。

孙颜厚继承了父亲的优良传统，每回一趟老家就给我带上一包高粱饴，这个时候的高粱饴已经没有从前稀罕了。孙颜厚也不知道外面的世界流行什么样的糖果，山东人的眼里可能只有高粱饴。是的，山东只产高粱饴。曾经有一回孙大炮还给我带过山楂，那个红果果只咬了一口就被冷落了，后来他再也没敢带。也许让孙颜厚带上高粱饴也是孙大炮的主意。

孙颜厚，一听名字就是个传统憨厚的老实人。孙大炮从前上门来蹭酒，孙颜厚继承了爸爸的优良传统来蹭饭。颜厚经常来我们家蹭饭，问他好吃不，他想了半天回答味道不好。这下子再也没有人愿意烧饭给他吃了。颜厚啊颜厚，你也未免太老实了，你可以不发表意见把饭继续蹭下去的啊。

让颜厚顶职，是孙大炮的精心安排。家中三个儿子，属颜厚最小也最老实，其余两个手脚勤快的留在老家务农，把最老实的小儿子带到浙江安顿好工作，孙大炮这才放心地告老还乡。

这一年的春节前夕，孙大炮回来了，带来了一卡车的花生和苹果。家里太穷了，孙大炮想要挣点钱。假如换成现在，孙大炮怎么也是个月薪上万的离休老干部（1983年他被调整为离休），可那时候的待遇低，孙大炮还要在老家造房子给两个儿子娶媳妇。这时候的孙大炮喝酒也没有从前痛快了，他看上去满腹心事。

那一年，厂里好多人都买了他家的苹果和花生，春节串门看见的都是孙大炮家的东西。

后来的春节，没见上孙大炮和他的苹果。

每逢过年，厂里都派人去慰问孙大炮，回来的人传话说孙大炮不是在田间拉犁就是在村子里造房子，告老还乡的孙大炮，成了山东大地上一位普普通通的农民。

有一天，孙颜厚来了，是来告别的，说是接到父亲病重的电话，要赶回老家去。这一回孙颜厚留下吃饭没在意味道好不好，只听我爸对他说："颜厚，带点白梨藤根给大炮，这东西能抑制癌细胞的生长。"颜厚答应着，匆匆忙忙就走了。

匆匆数月，孙颜厚从山东返回，带回了孙大炮食道癌去世的消息。他后悔没能早点回家让孙大炮吃上白梨藤根，他们全家都相信白梨藤根的功效，颜厚说可惜太晚了，来不及了。这回他还没忘带上一包透明塑料袋装的高粱饴。在我的记忆里这也是最后一包。从那以后，颜厚恋爱了，结婚了，成家立业，来得渐渐少了。

高粱饴，如今已经越来越不稀罕，连大白兔也不再稀罕。只要淘宝上下个单，它们都能送上家门。可是只要想起它们就能泛起一丝丝的甜蜜。高粱饴，大白兔；孙大炮，昌师傅，还有王师傅，他们共同组成了我童年里属于甜蜜的那部分。

我是在水边长大的

我是在水边长大的。

当我想起从前的时候，就会有一幅画面，好像那时的我是水边的一根芦苇，或是水中飘摇的水芹。

上小学的时候，我常受人欺负。我比同龄人早一年上学，个子小，坐第一排，正好在老师的眼皮底下。那时不爱说话，体育成绩永远不及格。在什么都讲平均分的年代里，我一个人就能拖下全班的后腿。这样的学生是不讨老师喜欢的，班主任曾当着全班的面喊我"娇气包"，认为我的体育不及格是娇气造成的。为了不让我拖后腿，她让我在走廊上练立定跳，不用上课。

"娇气包"一喊就是五年，在我身上打下了深深的烙印，就连放学回棉纺厂的接送车也欺负我。

学校由值日生轮值擦黑板。当我擦完了所有的角落，赶到消防大队门口等车的地方，接送车已载着一车小孩一溜烟走了，有一回是亲眼看着它走的，可无论你在后面怎么追，怎么喊，它都不回头。我只能走路回家，走着走着，就来到了水边，这时夕阳照在水面上，会洒下一点金光。

这样的一片水，浩浩淼淼，让人觉得有些荒凉，有些神秘。那时的我，感到过一丝惆怅。我开始怀念上托儿所的时光，托儿所就在厂区，不用坐车，不用擦黑板，不会拖后腿。

在去县城上小学之前，棉纺厂的孩子都在厂里的托儿所上学。托儿所的阿姨，多是从农村来的职工家属，不是专业的幼儿教师，不会跳舞，不会手风琴，但童年的快乐不会因此打折。她们领着一群孩子整天吃喝玩乐，日子单纯美好。冬天晒太阳，夏天吃西瓜，那时的西瓜有黄瓤的。

阿姨们每天都领我们玩丢手绢的游戏。其中一个阿姨，是所有阿姨中唯一有文艺细胞的，她个子高挑，爱把自己打扮成戏里的人。她偷偷在鼻梁中间抹上一片白，打扮成七品芝麻官，突然出现在我们面前，仿佛从天而降，那笑声自然也是从天而降。

阿姨们还会领我们去水边的古塔玩。那座塔后来才知道全名叫发宝象龙塔，是明朝的塔，小时候就叫它塔。塔顶有一撮茂盛的草，后来那长成了一棵树。

我始终不敢靠近那古塔，不敢往里边瞧。传说塔里住着要饭的。从前的孩子只要哭闹，大人们就说，让讨饭娘娘把你带走。带到哪呢，我想只能带到古塔里去，那塔里有巫气。古塔建在小山坡上，周围杂草丛生，草丛中还有一些长得很好看的蘑菇，我摘过一朵最好看的，被唱戏的阿姨瞧见了，让我赶紧丢了，说那是毒蘑菇。从那以后，我看那古塔都像是山上长出来的一朵毒蘑菇。

棉纺厂的厂区很大，我迷过路。三岁的时候，一个人不知怎么就从家里走出来了，走着走着，两边都是松树林，那一带的松树林里有好多坟，一座接着一座，像连绵的城墙。我看着那片坟地发呆，仿佛全世界就剩我一个人。正好有人路过，领我回了家。从那天开始，我有了记忆。

除了松树林，办公楼前还有一盆含羞草。我喜欢逗弄它的叶子，指尖触遍所有的叶子，看着它们一片片收拾妥了，合起来，又慢慢张开。有时候，碰得急，叶子赶不上我的脚步，就先跑旁边去玩一会儿，等所有叶子一片片又张开了，又猝然来一下子。

除了讨饭娘娘，这世上还有王母娘娘、观音娘娘。都是娘娘，命运却不一样。有的娘娘沦落民间，有的娘娘在庙里被香火供着。棉纺厂除了有讨饭娘娘路过，还有挑担的永康人，补钢精锅锅底的，鸡毛换糖的，都是永康人。永康人的叫卖声像唱山歌，老远就开始吊嗓门了。他们的声音，像是从一个人的嗓子里跑出来的。后来才知道，南人多鸟语，他们的叫卖声也是鸟语的一种。

有一年夏天，我头上长了一颗毒疮，去医务室消毒包扎，四条长长的胶带压着一片四四方方的脱脂纱布，盖住了我的后脑勺。怕人家笑话，我天天戴一顶草帽。有一回去医务室换药的路上，遇见了厂里的一位叔叔，为表示对孩子的关爱，他亲切地拍了拍我的头，顺便把毒疮里的脓汁给拍了出来。

后来我看过一部电影，名字忘了，觉得里边的特务长得特别像他。

棉纺厂有2000多人，其中就有一个像电影《神秘的大佛》里的坏人，我怀疑他就是从电影里跑出来的。这件事我告诉过好多小伙伴，他们虽然没看过《神秘的大佛》，但是听了我的描述之后，见了他都躲得远远的。而这"坏人"干得最多的一件坏事就是在外边喝醉了酒，然后回家把自家的孩子吓跑。

当他喝醉酒回家的时候，养在笼子里的鸡都扑楞着翅膀想要飞走，两个孩子更是避瘟神一般不敢进家门。

那时家家户户都养鸡，家家户户都有一个宝贝似的鸡笼。养鸡下蛋，鸡下的蛋，一部分给孩子吃，一部分作为礼物，送给那些刚出生的孩子。

我出生的时候，共收到鸡蛋167个，我爸帮我记在了账本上。最多的一户40个，最少的14个，蛋的多少跟饲养水平有很大关系。送40个的出身农村，擅长养鸡，他们家的鸡也很争气。送14个的并非小气，那是上海来的王师傅和昌师傅，夫妻俩在上海滩没养过鸡，为支援棉纺厂的建设他们来了，入乡随俗开始养鸡。

鸡蛋是给产妇吃的，也有例外。厂里有一户人家，生第四个娃的时候，爸爸给妈妈煮点心，蛋还在锅里翻滚，老大老二老三依次端着三个小碗在灶台前早已排好了队。

他们家的个子，后来属老四最小。

这些故事，都是发生在水边的。故事里的人，有些还在，有些早已不在了。但那水还在，我会路过水边，想一想过去的事。从前脚底下的堤坝，成了一条坦荡的公路，宽阔无比，至于芦苇和水芹，早已无影无踪。

半月池边有"小荷"

从前，有一个池子叫"半月池"。

半月池经常面对着落日，那是属于它的金色黄昏。当暮色降临的时候，半个月亮像是要一直铺到太阳里去。

有多少黄昏，就会有多少黑夜，半月池一定也有过许多沉默的黑夜。无数漆黑的夜晚过后，它成了遗址，是一处建筑物仅存的遗址。遗址，意味着跟遗忘有关，"遗忘"这个词的出现，是因为人们总是在遗忘中生活，而"遗忘"就是给匆忙的日子贴上了标签，提醒人们别忘。

半月池，我写过好多关于它的文章，好像我的身体里就怀揣着一个它，池水流淌在我身上，成了最新鲜的血液，从那以后每一回再写仍然会有新的细节被发现，你无法写尽它的一切。它在黄昏落日下指挥着你，让你的笔继续触摸与它有关的过往，与它有关的"遗忘"。那是一口记忆的深井，是一部深藏池底的电影，每个人都在那里留下了胶片。

说到建筑，人们往往会有追求高度的习惯，某个地方最高的建筑物会成为那个地方标志性的存在，那些钢筋水泥幕墙玻璃，一层层铺向天空，高高在上就意味着非同凡响，意味着权威和拥有更多空中的话语权。可是那些天梯般向上攀缘的建筑物，往往没有一口扎根地下的老井更经得起打捞。

1989年的半月池，曾经让我对世界产生了一种天堂般的感觉，是可以让我打捞一辈子的老井。

那一年的秋天，梧桐还没有开始满树的金黄，开学没多久，由语文老师牵头组织成立高一年级的文学社。那是我迄今为止唯一参加过的文学社，是未经雕琢，没有功利色彩的写作的开始。

文学社是崇高的，令人向往的，报名的人不少，但是名额有限，只能让语文课代表和热爱写作的同学参加，每个班最多两名。宣布社员名单的时候，有一位落选的女同学当场就哭了。

文学社的名字，还是语文课代表们在语文老师办公室集体讨论的结果，每个人都提出了自己的方案。

有人提议用"蜃楼"。他是六班的课代表，高个子，长得有点儿混血，其实他老家就在永康，但是一点也不像永康人，倒有些巴基斯坦和印度人的样子。他是我幼儿园的同桌，幼儿园毕业阔别八年之后，他身上的皮肤还是跟小时候一样起了一层鸡皮疙瘩，肤色金黄透明，有一种金华火腿的光芒。这让我想起了他的父亲在食品公司上班，金华火腿是食品公司的主打产品。轮流发言的时候，他的每句话里都有鲁迅，不是鲁迅就是杂文，大概意思是文学社应该多一些杂文的发表。说了好多，很有鲁迅的范。可见那段时间他正练习杂文，拜鲁迅为师。正值青春年少的杂文家却长了一头稀稀拉拉的黄毛，他们都叫他"三毛"。

"三毛"提出的方案很快就遭到了否决，由于"海市蜃楼"过于虚无缥缈，脱离现实，让在场的人想起了沙漠上的幻景，有人说"蜃楼"有不祥之兆，来一阵风便会吹散。说到这里，迎来了片刻的宁静和尴尬。

"蜃楼"被否决后，"三毛"同志很懊恼，他有点垂头丧气地坐着发愣，不发表任何意见，这个时候的他像初为人父的年轻男子，绞尽脑汁为将来的孩子取名，用上了半生的智慧和才华，却未被采纳。

我因初三毕业后沉湎于红楼诗词，于是满脑子除了"柳絮"就是"海棠"，很快"柳絮"也遭否决，"海棠"当然靠边站。它们都有点红颜薄命，是瞬间即逝的东西。海棠花那么脆弱，只要来一场雨疏风骤就香魂回故里。

继"蜃楼"和"柳絮"之后，课代表们提出了一大堆非常专业的动植物名称，仿佛从文学社跑到了探究大自然的生物课堂。这种讨论让我产生了奇异的遐想，幻想多年以后这些恰到好处的名词是否会成为他们的孩子。

在听了关于动植物五花八门的介绍之后，会场陷入了决策前的悄无声息。负责文学社的语文老师吴晓英终于按捺不住了，她说我们有半月池，该添点荷花才好，她说课本里不就有"小荷才露尖尖角"嘛。"小荷"的出现让人眼前一亮，虽然此时半月池中并无荷花绽放，虽然还是逃不了植物，她继续说各位同学都是"才露尖尖角"的荷花，文字当出淤泥而不染，有沁人心脾的清香；最后，她说，期望同学们的文字如荷花般亲切。在她的一番解说下，我们成了半月池中即将绽放的一簇簇荷花，被赋予了更深的涵义。后来我才发现，荷花原来是她的最爱，她的老家就有十里荷花，每到夏天就开得铺天盖地豪情万丈。

没过多久我就从教科书上读到了中国共产党的成立，脑海中非常自然就浮现出这样的画面：那天关于文学社的讨论就是嘉兴南湖游船上的共产党宣言。

看似风平浪静的半月池，那种热气腾腾的文学生活幼稚而纯洁，让人一生难忘。

带着浓浓的油墨香，《小荷》如千呼万唤的邻家女孩，终于来了。

封面是一株婀娜盛开的荷花，第一篇《迎龙灯》，配有民间闹元宵板凳龙的插图；第二篇《美丽的错误》，显然是受了席慕蓉的影响，上述两篇均出自男同学之手。还有我的处女作，后来被《中学生天地》选中的《生活不是梦》。

多少年过去了，当年的场景依然让人热血沸腾，充满创作的激情。

多年以后，当我遇见曾经的作者，提起文学社，他们居然集体忘了有"小荷"这回事。其中那位犯了"美丽错误"的先生，戴着一副徐志摩的眼镜，穿着孔乙己的长衫，他扶了扶圆溜溜的镜片，沉思片刻后说，文章标题听上去似乎有点熟悉。然后一脸迷惘，陷入了真假难辨的过去。他们对往事的陌生程度让我一度怀疑"小荷"只是我一个人的臆想，它并没有存在，是沙漠中的海市蜃楼。当我无数次不断地对半月池、对当年的文学社进行了天堂般的重访之后，我成了它的幸存者，也是受益者。

好多人会记得半月池，却未必记得半月池边有过"小荷"。理想的超越方式，就是不断重访当年的天堂。

我的代课老师

　　小学二年级的时候，班主任徐老师生病了，需要在家休养好长一段时间，她给我们找了代课老师，就是她的妈妈，退休多年的小学教师，正好。

　　徐妈妈叫盛月桃，他们家书香门第，徐老师的爸爸是老师，徐老师的爱人在中学教书，姐夫也是教书匠，其实徐老师是不想当老师的，她顶了职，那时候有顶职的制度，就像古时的皇帝，老了就把皇位让给儿子，徐老师就这样接替了妈妈或是爸爸的工作，但是她真心不想当老师，她在课堂上说了，她想成为一名售货员，在百货公司卖东西。

　　她胖胖的，圆圆的樱桃眼，细细白白的脸，脸颊透着青春稚嫩。有时生气就趴在讲台上等下课，噘起嘴巴，高兴就哼上小曲，舒展如骄阳下的喇叭花。她很任性，会跟我们生气，生男同学的气，生女同学的气，还生自己的气，结果不知怎么就气出病来了。这下子自然就由妈妈顶回了职，好像她手里始终抛着这个球，瞅准时机就要扔回妈妈手里去。

　　盛老师来代课了，盛老师不会生气，还要把女儿出在我们头上的气加倍偿还，她很和蔼，慈眉善目，她不光上课，还要带徐老师的女儿，她的外孙女。外孙女没到上幼儿园的年龄，坐在教室后排，挨着黑板跟我们一起上课。可是她还太小，老想溜出去玩，盛老师要不停哄她。有一回她要吃棒冰，盛老师拿她没办法，上街的棒冰厂不远，需要有一个可靠的学生接过任务，她一眼就挑中了我，叮嘱我走出校门时要告诉门卫是去购买学习用品的，她又帮我挑了个铅笔盒用来装棒冰。"快去，买了就回来，别乱走。"她充满信任的眼睛托付我，走出教室门外又招手喊我回来，摘下了脖子上挂的红领巾。上课是不能随意走动的，这回出门一定要小心，不能落下话柄，她怕坏了代课老师和班级的名声。

拎着铅笔盒忐忑不安走在大街上的感觉，一半是战士，一半是小偷，但是这小偷当得充满信任。回来的路上，锈迹斑斑的铁皮铅笔盒传递着冰棍的透凉，那一天我明白了什么是托付。

去年再见上她的时候，是在医院的康复病房，她躺在病床上渐渐萎缩，病床是个神奇的地方，能把久住在那儿的人缩小。我的到来让她在睡梦初醒时愣了一愣，这是乏味的住院生活缺少的，每天看见的不是医生就是护士和点滴，点滴一袋袋交替注入，穿彻血管又回流，循环往复，几袋就能换回一个整天，一天天消耗下去。日子到了医院，就是堆积如山的透明塑料袋子。

那些透明袋子消耗着她的生命，她愣了好久终于喊出我的名字，一边喊一边发出嘤嘤哭声，像是好不容易见上爹娘的孩子，表情酸楚，连眨眼都是费力的事。嗓子仍似从前那般沙哑，但更无力，她向我诉说病痛的折磨，想死死不了的难堪。想死死不了，想活活不好，像个孩子似的啜泣着，泪水顺着眉角滑入枕巾，在浅青条纹的图案上贯入一条黄涩的支流，断断续续，很快又如注入沙漠般干涸。

此时的她孤立无助，皱着眉头浑身酸痛，让身边的保姆四处寻找缓释点，保姆只说她越来越"稀奇"了，越来越小去了，特别是有人来就疼个不停。刚按完一处，另一处又痛上了，浑身上下因病痛的蠕动成了唯一的运动。不过她的痛更似在我面前的撒娇，无须遮掩，更舒展地去痛。

　　窗外是崭新的操场，宽阔如一小片草原，住在草原边上的人却很少享受阳光，只在病床上接受漏下的几束光。那天是雨天，窗前轮番下着雨，我俯身告诉她下雨了，她接着说想死死不了的话题。天气与她无关，是的，无论老天怎样开启阴晴，却从某一天开始与她彻底无关了。

　　如果活着没有病痛的参与，如果那天铅笔盒里装的是长生仙草，我的代课老师，可能是另一番景象与我相见。这个类似童话的愿望几乎是不可能实现的，总有一些人，需要我们默默投之以目光，看着她一步步走向天堂，一步步不回头，我们唯一能做的，是遵循着自然界的规律，留一点想象。

半月池是条抛物线

数学没学好，却偏偏记住了不少数学老师。

上高一的时候，我在半月池畔写过陆雪康，题为《我们的老L》。后来这篇文章被"小荷"文学社拿了去，印成小册子在校内发行，更有甚者在全校的广播上一字不漏念了一遍。老L没意见，倒是部分老师听了意见纷纷，说我对他不够尊重，有些调侃。

唉，其实我是带着深深的敬意写我的数学老师的，只不过用词活泼，跟当时严肃的时代背景不太搭。

在写作这件事上，一直有人善意提醒我这个不能写，那个不能写，不能得罪人。我想来想去，只有半月池不会得罪人。其实半月池也得罪过人，有一年新学期开学，那时已是壶山小学的半月池，一年级某班发现少了名学生，全校高音喇叭寻人未果，于是将目标锁定半月池，校长亲自带队去池里捞人。幸好没有打捞上来，那孩子坐在另一间教室，他走错了门。

在创作这件事上，本该无所顾忌，痛痛快快把该说的话都端出来，把该挂念的人都念一遍。

虽然数学没学好，但不代表我对数学老师的感情会稍逊一筹。陆雪康是十分敬业的老师，虽然他的话有点难懂。他是杭州人，他上课点我的名就成了"古云伢"，我成了杭州人眼里的"小伢儿"，本来对数学就心虚，还老被点名，又答错题，害我抬不起头来。

高一上立体几何，他亲手制作了很多道具。在重筑空间想象力方面，他总是锲而不舍。每节课他都要抱上一堆道具，像个收废品的老头。他将它们摆满讲台，那些正方体长方体圆柱圆锥，有纸糊的，有铁丝扳的；有全包围的，有半包围的；每一个都方方正正，该圆就圆。铁丝拉得很直，陆老师花了不少心血。

其实他当年并不老，只是看上去老态龙钟。陆老师身体状况欠佳，多年前已去世。虽然人活世上必须走向天堂，但想起他，心中就有无数的对不起，对不起当年那堆道具，对不起他的深情和厚意。

武义一中的数学老师里，何森源也是非常有特色的一位。听说他讲抛物线很有一套，他拿自己当抛物线。他把自己放在讲台中央，拍一拍光亮亮的脑袋：同学们，这是抛物线！再拍脑袋，示意顶点所在：顶点！然后双手终于离开脑袋，奋臂一挥，双手朝上，如同深情拥抱天花板：开口向上！他通过深情的示范，将课堂推向高潮。这条传说中的抛物线让人充满期待。

终于有一回陆老师有事回杭州，让何老师代一课，于是见上了朝思暮想的"抛物线"。他果然站在了"舞台"中央，拍拍脑袋，传说中的抛物线如一道佛光在我们面前徐徐展开。黑板是他的轴，垂直于地平线的他，如落日，又如初升的太阳。抛物线上久了，数学老师就会成为讲台上的一道日出。他不知道此时，窗外，有一道光正与他遥相呼应，那是草木丛生的半月池，是年代最久远的抛物线。

关于数学课，我只记住了抛物线。一中的老校园，最后也只留下一条抛物线。后来我特意跑去看它，那半个月亮已铜雀春深，一溜灰墙一把铁锁锁住了当年芳华，它双目低垂不见旧人。

武义一中的老教师，有不少走上讲台是专家，走下讲台就是农民。教物理的包自力老师，挑根扁担，扁担两头是重量级的两只大粪桶，每天他都要为壶山脚下的菜地人工施肥。他上课为学生施肥，下课为菜地施肥，他是挑粪桶的弥勒佛，当然他比佛要瘦许多。当我们捏着鼻子欲远远躲开两只粪桶时，他却笑眯眯想上前跟你打招呼。

他没给我上过课，但只要校园里见久了的学生，都会像菜地里的青菜萝卜那般眼熟，也可能是教的学生太多了，分不清到底有没有上过课，所以一律微笑。包老师秃秃的脑袋，黑框的眼镜，两颗热情的门牙，充满喜感。他比农民更农民，横看竖看都不像物理老师。

据说他讲课讲到精彩处就唾沫飞溅，第一排的女生迅速拿书本遮挡。有一回他就问：为啥把书举那么高？女生答曰：因为你的口水，溅在我的脸上。

大家都很喜欢他，我也牢牢记住了他扛粪桶的模样，虽然没有当过门下弟子，听人八卦也犹如上过课一般神清气爽。据说有位男生在课堂上睡着了，包老师亲自走下讲台鉴定。男生趴桌上，包老师就低头往下探，男生淌下的哈喇子如时光一般滴在了老包的脸上。

老包的脸上因此泛起了岁月的包浆。我在书中读到过这样一句话——"包浆乃时间之釉"，抬头就想起了挑着两只沉甸甸粪桶的包自力。这滚滚的包浆啊！纵然这世上手艺最精湛的能工巧匠，也调不出那样的釉色来。

包浆，包裹着校园的每一面墙，纵使它们坍塌倒下，青苔、雨渍、蚁穴、虫窝、烟熏火燎的梁柱，随墙面卸下的一层又一层的标语……半个月亮已被锁，半个窗台仍挂在空中，将坠未坠，摇摇欲下。

后来我才理解那个挂在半空中的窗台，是用另一种方式凝望与之朝夕相处的半月池，它将离去，它要留下，它们都滋生出各种的意义。

　　无人做过统计，以地为轴的半月池，那条开口向上的抛物线是否走出过三百六十行，而他们由此出发，又滋生了无数生活的细节和意义，如池畔不计其数的蚁穴和虫窝。平凡苍生，它们才是半月池滔滔不绝的滚滚包浆。

头发的故事

　　小时候家里来了客人，总爱夸我的头发黑又亮。大概那时候家里没件像样的家具，连台电视机也没有，没东西可夸，只能夸人。只是夸人这件事，三个小孩里没一个相貌出众的，这时候夸人家长得好看等于是在挖苦人。于是客人的目光就落在了我的头发上，幸亏我有头发，而我哥和我姐虽然都有头发，但他们又干又黄，又稀又软，我是当之无愧的冠军。

　　每当他们对我的头发赞不绝口时，母亲总在旁边添一句，别看现在这样，刚生下的时候可是个光头，一根头发都没呢。这时候，我那头发又干又黄又稀又软的哥哥和姐姐纷纷跳出来证明我曾经是光头。由于我年龄最小，谁都可以证明我的过去。客人起初有点不信，回头看看我，不像光头的样子，而一周岁的我此时正乖乖地挂在墙上，相框里的黑白照片可以证明一切：小光头坐在手推车上，整个人圆溜溜的，她紧握拳头，前额一片光明，目光笃定望着前方，让人坚信人生之路就是从光头起步的。

　　从最初的光头到后来又黑又粗又亮的头发，得多少五谷杂粮，多少天地万物的灌溉和滋养。后来我去县城上幼儿园，住在外婆家，我的头发便成了我姨的重点培养对象。

我姨那时还没出嫁，除了上班和研究自己的头发，她还动手研究我的头发，把我当模特，给我扎各种各样的小辫，有时把辫子绕来绕去像青藏高原，有时像五十六个民族，有时把头发拢到脑后高高竖起，眼角上吊，差点勒出一双丹凤眼。我的发型每天都不重样，是幼儿园老师们学习的榜样。扎完了辫子，她还嫌不过瘾，把我带到理发店，给我烫最流行的卷发，她烫大波浪，我烫小波浪，我们一起浪里个浪，浪里个浪。

理发店的旋转木马将年幼无知的我淹没在电烫的滋滋声中。烫发是冒险的行为，每一根头发都有被烧焦的可能。理发店里三天两头就有头发烧焦的，为此吵架也不少，可是对美的无限向往谁都无法抗拒，哪怕是头发糊了，还是会义无反顾继续烫下去。在漫长的烫发过程中，我那哥哥姐姐的同学们会路过，他们朝我指指点点，在门口白我一眼，说我真洋气，从小就是个妖精。

后来小姨出嫁，终于放过了我的头发。摆脱了电烫的困扰，我留起了一头乌黑的长发，像动画片里的长发妹，到哪都仙气飘飘。有一阵子海飞丝飘柔的广告很吸引人，广告里的模特看上去泾渭分明，用了海飞丝的一边，没用海飞丝的另一边，其实人们都紧紧盯住模特不放，想翻开"海飞丝"的正面去看一看，而不是研究头皮屑到底去了哪。自从海飞丝飘柔还有后来的潘婷接二连三来到中国，长发妹越来越多，长头发开始在大街上流行。

受广告的影响，女孩子喜欢长发垂肩，清汤挂面。上了年龄的女人同样对长发无限向往，但实在有点不好意思把面再挂起来，于是她们把长发盘上头顶，像一座珠穆朗玛。小镇上有两座著名的"珠穆朗玛"，其中一位在壶山下街开布店，她的名字叫佐茹，不知道是哪两个字，也可能是"左如"。佐茹早在海飞丝飘柔来到中国之前，发型就已经亘古不变了，她从少女时代就绾起了头发，一绾就是四十年，即使步入老年，依旧保持着"珠穆朗玛"的造型。佐茹的头发是烫过的，蓬松的，她会在"山脚下"扎一个歪歪斜斜的蝴蝶结，用黑丝绸带绑住整座山，或是用藏青底白色波点的化纤布绕着山峰走一圈再打个结，反正店里多的是布头。佐茹的发型不变，但发饰一直在变，从她的头上可以看出最近哪款花型最流行最好卖。"珠穆朗玛"看上去也是稳稳当当，固若金汤。

佐茹的头发特别蓬松，这大概跟店里卖的化纤面料有很大关系。化纤摩擦就有静电，而佐茹每天都在触电，从头触到脚。那时候的化纤面料，一到太阳底下，就贴在人身上，把整个人吸得紧紧的，一个毛孔也不放过。

还有一位"珠穆朗玛"名叫张曼云。她来银行开存折，通常这样介绍自己：我叫张曼云，张曼玉的张，张曼玉的曼……跟香港著名影星张曼玉只差一个字。

张曼云对自己的名字十分看重，只要来了新员工，都要重新介绍一遍，强调自己跟张曼玉的关系。哦，那您就是张曼玉的姐姐了。我们通常会很有默契地回答她。张曼云好像就是盼着这句话来的，她抖出早已准备好的爽朗的笑声，"珠穆朗玛"于是在头顶上一耸一耸。

后来张曼云就冲着跟张曼玉的关系把所有的积蓄都存在了我们银行。但是，姐姐张曼云跟妹妹张曼玉无论从形象上还是气质上都差了十万八千里，姐姐高大威猛，肩膀宽敞，头顶一座山峰更添了十公分的海拔，是女人中的佼佼者，她看上去更像是篮球场上的前锋，有那么一点点郑海霞。而张曼玉呢，如猫一般，张曼玉是《花样年华》中款款而来的一袭旗袍，是青蛇上岸，她无比袅娜的身姿从河中扭到岸上，同样是女人中的佼佼者。

佐茹在壶山下街开布店，张曼云在解放街开鞋帽商店，她们都跟穿衣打扮这回事紧紧联系在了一起，也许是"珠穆朗玛"的缘故，两家店的生意都十分红火。

前阵子在街上遇见佐茹，她还是跟从前一样，没有岁月老去的痕迹，只是头上少了固若金汤的蝴蝶结，大概是有点不好意思再扎下去了。没有了蝴蝶结，佐茹的头发看上去更蓬松更自由，更有张力。

张曼云则成功转型为广场舞大妈，频繁出现在电视屏幕和报纸上，她穿大红T恤参加各种各样的广场舞大赛，脸大个头大，她是最抢眼的。

后来我又遇见了一个名叫金海丽的温州女孩，见上她才知道什么叫长发妹。佐茹和张曼云跟她比起来，只能算是日本的富士山，而金海丽才是完美的最高峰。

金海丽一头长发，像是从童话中走出来的，每叫一声海丽，都是在呼唤海的女儿。而她确实像一条美人鱼，有着精致的妆容，每一根睫毛都那么有条不紊，都能打动人心。她从来就没有素面朝天的时候，就像美人鱼不轻易上岸。可惜当年海飞丝的导演并不知道世界上有这么一条美人鱼，否则一定会请她去当模特。她的长发轻轻松松跃过膝盖，轻轻松松直奔脚踝而去。美人鱼在洗头的时候要比其他女孩花上更长的时间，每天她花在头发上的时间也是最多的，当别的女孩已经穿戴整齐的时候，她的长发还没有结束。洗头的时候，她得在脚底下垫一个矮凳，以免弯腰时踩上自己的头发。如果踩上了，那就不是美人鱼了。

每当想起这些，我就会甩一甩头。想起金海丽，就好像身后拖着一条长长的尾巴，如今干脆利落的短发，已无从前海飞丝飘柔的感觉。想起张曼云，就仿佛头顶万仞山，群山起舞。想起佐茹，上个世纪的静电仍然吸附着每一个毛孔，丝丝入扣，让每一丝头发都充满了张力。不，是活力。还有隐隐约约中对过去的惦念。

她们想去香港

外婆和邻家阿婆想去香港，是40多年前的事了，她们想去香港当保姆，这件事只有我知道。

听邻家阿婆讲，香港遍地都是有钱人，到那里当保姆能挣不少钱，至于挣多少，她也讲不清楚，总之是洋锭。洋锭在她们眼里就是钞票。外婆一听有洋锭就欢欣鼓舞了，那好，一起去。她们当即就决定了。至于怎么去香港，仿佛走几步路就能到，就跟平常去乡下走亲戚，去方岩拜胡公大帝一样简单。

在说到香港的时候，外婆和邻家阿婆都穿着蓝布襟的衣衫，外婆是浅青，有一排斜斜的一字扣，邻家阿婆是深深的蓝，对襟，似一扇布帘子的门，邻家阿婆想走出那扇门。她们俩背对着我，两片青色交头接耳，谈论着她们未曾见过的香港。

最初知道香港，就是听她们说的。

香港的楼很高，几十层几十层地往上造。听说那里的人都吃面包，对哟，面包，只有北京上海杭州才有。去那里，当保姆，帮香港人带小孩，像疼自家孩子一样。香港人挣钱多上班忙，没时间带小孩，带小孩对于她们来说算简单的。要去就一起去，最好两户人家是邻居，那样白天香港人上班，可以互相走动，说说话。

说到这些，两个女人脸上的皱纹都舒展开了，香港真是个神奇的地方，说说都能让人年轻。

那些日子里，两位外婆在洗完衣服、烧完饭后，就偷偷地跑一块商量着。我还没到上学年龄，在家闲着，旁听她们美好的未来。她们的未来，有时会面临一些具体的问题，比如普通话，比如不认得字。普通话是必须学起来的，说到这个时候，外婆的眉头会先打上个疙瘩，拧上一把小小的锁，但马上又能轻轻松松找到钥匙，把锁打开。学起来，她们瞬间就像两只勤奋的小鸟，攀在枝头、电线杆上开始学鸟叫。

向电视学。两位老太太对黑白电视机产生了兴趣。学了一些日子，外婆提议，可以多做事少说话。至于穿什么去呢，既然是偷偷去的，不要让家里人知道，就带不了太多行李。邻家阿婆说，没事，主人家穿穿有得多的给我们就是了，人家的更洋气。既然是去香港，就别带土里土气的衣衫去，比如现在穿身上的，穿出去，太丢人了。

要是她们真走了，留给我的就只能是两件空空荡荡穿不出去的蓝布襟衣衫了。我忽然就想到这些。我得看住她们，不让她们逃走。

而她们也似乎看穿了我。

不许说出去。外婆认真又严肃地警告我，两片青色蓝布衫都掉头警告我。听到啥都不许说，回头我们去香港回来给你带好吃的，挣来的钱给你买好多东西。她们说得好像去过一趟似的。

我有些眼巴巴地希望她们能去成。香港多好，高楼林立，面包吃吃，衣衫洋气，人家肯定不穿的确良和人造棉，连富春纺都瞧不上，人家穿洋布的，洋气的衣衫都是洋布的。

两位外婆开始暗暗地用想象中香港的标准来衡量日常生活中的一举一动，她们互相监督，互相提醒，她们讲究了起来。外婆忘了扣上最后一粒一字扣，邻家阿婆轻轻帮她带上，什么话也不用说。邻家阿婆端碗喝粥稀里呼噜，外婆在边上轻咳一声，音量马上就小去。她们会挑新一些的衣衫穿，好像随时准备出发。

　　距离去香港的日子想必是越来越近了。

　　有一天，邻家阿婆突然就冒出了谁都没想到过的问题：如果有一天死在香港，回不来了怎么办？两个女人都愣住了，就像两只鸟的四只爪子紧紧抓住了电线杆，唯恐掉下来，害得连电线杆也一并愣住了，之前所有的信心和之前香港的种种好，都停下了。

　　缓了好久，外婆缓缓地吐出一句话，听说香港是要火葬的。我不要被火烧！邻家阿婆气了，着急了，好像她就要立刻被扔进香港的大火坑里。我还要见我的小孙孙，我要装进棺材里，我不要死在香港。我死了，家里人是不知道的，他们跑不来香港把我带回去……

　　邻家阿婆小姑娘似的噘起嘴，跟从前的香港生气了。

　　外婆也不要香港了。她们都不要香港了。

　　后来她们再也没提"香港"两个字，香港是个大火坑。

　　我终于松了口气，但又有些失落。

　　面包呢，洋锭呢，答应过的东西呢……

　　她们自始至终都没能去成香港。也许她们在天堂的马路上遇见，还会聊几句香港。

　　最后，两位老人都是在家乡心甘情愿被火化掉的。

麦丽素外婆和吃耶稣的奶奶

我的外婆和奶奶，她们出身贫寒，没有上过学，不会写自己的名字，却有着两种截然不同的生活。

每月退休工资刚到手就胡吃胡喝乱花钱的那是我外婆。刚发工资那阵子，我跟着外婆吃香的喝辣的，不是蹄髈就是排骨，到了月底，她就与我一起吃青菜萝卜了，外婆说手头紧，得熬到发工资才有猪肉吃。

外婆的出手阔绰让我从小就建立起忧患意识，一看餐桌就明白家里的经济状况，于是把月初她给我的零花钱主动归还。后来我又未雨绸缪，把钱都攒着，等到吃青菜萝卜的那天拿出来。再后来，我就舍不得花钱了。而外婆呢，领到工资就把"旧债"还上，她很讲信用，还会奖我一袋麦丽素。

几乎每个月都如此，我的小金库成了外婆的储备资金，每一笔"债务"的归还都会伴随着一袋麦丽素。跟我一起享用麦丽素的，当然还有外婆，我们俩很快就能把一包麦丽素干掉。没有巧克力的年代，麦丽素是最高级的零食，我曾经一度认为麦丽素就是巧克力。

话又说回来，外婆一直都在借钱过日子，却把日子过得有声有色的。她买回满满一篮的凤凰蛋，那些未成形的躲在蛋壳里的小鸡，羽翼未丰，煮上一大锅，够吃一阵子的，凤凰蛋是最便宜的滋补品，后来听说凤凰蛋又叫"退步蛋"，外婆就再也不让我吃了。她还在门前种过好多花，品种单一，花色单一，不是宝石花就是太阳花，一路怒放，从花盆到地上铺得满地都是。

跟外婆在一起的日子，无论她如何一掷千金，我都能预见囊中羞涩的那一天。

而我的奶奶，既没有外婆大手大脚，也没有精打细算抠着过日子，是一位虔诚的耶稣教徒。

信徒的吃饭过程有点复杂，一日三餐，都要事先闭目祈祷，面对一桌丰盛的饭菜，奶奶一脸肃静，不为所动，口中念念有词。祈祷的内容我至今仍记得：上帝对我有洪恩，真是我慈爱的父亲……

完了才可以动筷子。

祈祷对小孩子来说是一件很好玩的事情，奶奶身边的孩子们都会。在祈祷的时候，我们忽然就拥有了一个共同的"父亲"。

每个礼拜奶奶都要去耶稣堂，唱歌诵经祈祷，这个行为又称"吃耶稣"。

至今我都不明白，为什么信耶稣教叫作"吃耶稣"？而信徒们连吃饭都不可以随随便便，怎么又可以"吃"耶稣？

更令人奇怪的是，没有上过一天学的奶奶，居然能背出花样繁多的祈祷词，从无差错。她手中有本小册子，上面写满了每天要背诵的内容，虽然上面的字，她一个也不认得，但奶奶却知道它们分别待在哪个位置，一边念一边摸索着文字，好像在读盲文。

她是如何记住这些文字的？在她周围还有许许多多互称兄弟姐妹的信徒们，他们都没有上过学，却都对小册子朗朗上口，倒背如流。

而我的外婆，当周围的邻居都开始盛行吃耶稣、信佛教的时候，她什么也没有参加。她常说捐出去的钱不如买双鞋子穿穿。

外公去世多年，曾有人建议外婆去算命，以知晓外公在另一个世界过得好不好，外婆却说算命的钱不如买双鞋，听上去有点令人失望。可我从没见外婆付诸行动买过哪双鞋，却见她经常会做一些令人惊艳的小吃，无论麦饼粽子还是馄饨，都是大面积的肉。比如说，吃过外婆粽子的人，都认为糯米的比例远远低于干菜和肉，让人质疑糯米是否躺在了干菜和肉上。

后来我想办法把外婆的退休工资存了起来，过阵子就向她汇报存折上的余额，外婆一听就来气，严重警告我：不许存钱。她坚信钱是拿来花的，不是拿来存的！

但是我依然帮她存着，担心外婆有一天会入不敷出，而这个时候她已经不再给我零花钱了。

有阵子我帮她偷偷买了点基金，产生了一些收益，她一听就乐了，说要送我一枚金戒指，还说要送给子孙后代每人一枚金戒指，把天上掉下来的钱花掉。

没有存款的外婆是新中国历史上罕见的，像奶奶那样的信徒，不管有没有工资，都把晚辈们给她的钱一点一点存起来，看着数字一点一点攀升，以防万一。

而外婆，从来就没有万一。她说的买鞋子其实是对外面世界的憧憬，她一直想偷偷去香港，她想去香港当保姆！

外婆可能是从电视上知道了香港这个地方，于是向往那片高楼大厦。当邻居约她去寺庙敬香的时候，她又说不如买双鞋穿穿，估计是为了攒够前往香港的路费。而这双动不动就提起的鞋，无论从心理学角度还是实用角度，是外婆想穿上它去香港的。

外婆的香港计划最终未能成行。而奶奶除了信奉耶稣，又开始信仰本土著名的胡公大帝。可能是上帝离她太远，而胡公比较贴近。

她迈着小脚，走在长长的山路上，爬过一个叫天门的地方，虔诚地在胡公大帝面前烧上几炷香。烧香的目的很明确：求胡公大帝保佑她的孙子学业有成，考试顺顺利利。

每到期末考试，奶奶都会上山找胡公大帝帮忙。可是无论她如何乞求，如何虔诚，她的孙子却一路红灯照亮了前程。

胡公那么灵验，也有不灵的时候。

最终奶奶的葬礼走的是教徒模式，在她患病期间，当地的教主带领队伍庞大的兄弟姐妹们多次前来探望，告诉奶奶连他们也未曾去过的天国是如何美好，到了上帝身边，做上帝的子民，又是何等幸福。经三番五次开导，奶奶安详地离去，葬礼很安静，没有震耳欲聋的鞭炮，来自四面八方的信徒成了葬礼的主角，倒是我们这些血亲似乎成了旁观者。

当信徒撤退后，晚辈们纷纷拥上，用自己的方式重新给了奶奶一个简短的葬礼。我的父亲主持了整个仪式，他拿着一张苍白的纸为奶奶念悼词："……何氏秀娟同志，几十年如一日，兢兢业业，勤勤恳恳，勤俭持家，任劳任怨，含辛茹苦，养育子女……"

四个字，四个字……一连串的四个字结束了奶奶的一生。她的名字叫何秀娟，出生在一个叫车马河的小村庄。

相比之下，外婆的葬礼要热闹许多。外婆92岁高龄，子孙后代枝繁叶茂，她的葬礼更像是一场来自五湖四海的聚会。葬礼上没有人为她的一生进行总结，只有我知道外婆一生的遗憾所在，如果让我来致悼词，无非就是："胡氏宝钗同志，视金钱如粪土，一心向往香港，终究未能成行……"

开会　扫地

小时候跟外婆带板凳到街道居委会开会，外婆没上过学，能参加的只有居委会的会。

可外婆对待开会的态度是认真的，像一年级的小学生，开会那天她穿戴整齐，就差带上纸和笔。居委会的领导念完文件还要投票，一群像外婆那样不会写字的老太太要选这个那个代表，画圈打勾都行，也不知道是给谁画圈给谁打勾，画完就丢进红色的纸盒子里。这个方法沿用至今。

后来随父母去了棉纺厂的全厂职工大会，全厂职工把食堂填得满满的，有不少像我这样的小孩在会场上跑来跑去。小孩没人带，只能去开会。虽是职工大会，却充满生活气息，领导在上面发言，女职工低头打毛衣，线团在脚下的竹篮里滚来滚去，多少毛衣都是在领导的发言中打出来的，除了毛衣，还有围巾、手套，每戳一针就像领导在发言稿上念一个字。那样的毛衣穿在身上，党中央精神会贯彻进每一个毛孔。开会，也是女职工们交流手艺的时候，她们比划来比划去，看谁的进度快，谁的针脚更匀。

棉纺厂的女职工都是打毛衣的高手，不会打毛衣的进了棉纺厂就会入乡随俗，她们从围巾起步，从平针开始，慢慢学会纷繁复杂的花样。

夏天开会，是没有人打毛衣的，会场于是很乱，嗑瓜子的、聊天的，都有，就像来到了菜市场。

台上的领导对台下的一切熟视无睹，他们坐在主席台上，八风不动，如转世的灵童。

不知道怎么回事，长大后开的会都没有小时候开的会那般有意思，单调枯燥不说，还不能嗑瓜子，不能打毛衣，要动手记笔记，多数时候开会就是在神游，还要装出一副很认真的样子，与主席台保持一定的目光交流。

不过学生时代文学社还是挺吸引人的，一群中学生慷慨激昂，把自己当成了李白杜甫，各抒己见，畅所欲言，他们讨论组稿情况，有一股先锋力量在流淌。

也有些会议让人充满了自豪感，比如单位里小圈子的会，核心人物坐屋子里谈天说地，说明你在单位有一定的地位。

还有一种会叫党的学习会，是为人民群众普及党的知识的专门会议，通常由党校的领导来讲马列主义毛泽东思想，讲开天辟地，讲建国伟业。这种会每两年开一次，内容几乎不变，听众也不变，只是随着时间流逝，人民群众就像久旱的秧苗需要重新灌溉一遍。讲着讲着党校领导开始喝茶，讲着讲着党校领导开始抽烟，由于主席台上没有烟灰缸，他就拿一个塑料杯子倒了水当烟灰缸，于是台上出现两个一模一样的塑料杯，一左一右，一个喝水，一个抖烟灰。领导沉浸在南湖游船的故事中，他讲到游船上的细节，好像自己也坐在那艘游船上，讲到精彩部分，他果断掐灭了手中的烟头，丢入杯中，接着又端起杯子喝水，酝酿下一段内容。而我们所有人眼睁睁看着这一幕发生，谁都不可以在这个时候像敢死队一样，冲上讲台夺下他手中已乱了阵地的杯子，看着党校领导的表情露出一丝难堪，那种痛苦，无以名状。

这段故事，在之后关于会议的回忆里被反复提起，它让我们体会到了难得的乐趣。

后来开会这件事就成了流水线上的作业。各种会议精神像奥运火炬一般传递，从上级出发，一层一层传下去，就像小时候玩的传话游戏，为避免传错，每个会议都有红头文件下达。既然有文件，为什么还要照本宣科一念再念呢？据说是为了确保传达效果，万无一失，要用会议的形式传递火炬，在开会这件事情上不可以偷工减料，不能马虎。

起草会议报告的秘书们，同样身担重任，内容要求简洁通俗，避免出现生僻字。从前有位领导，把"要渠"念成了"要巨"，后来那个地方果然就成了"要巨"。

还有一种会，叫党员生活会，会议时间可长可短。长的时候可以滔滔不绝，讲上几天几夜；短的时候五分钟喊一段口号，一人发一个扫把，出门扫地去，这是党员深入群众，像豆腐干一样划块，包干一块区域，帮那里的群众扫地。

包干的区域离单位不远，是附近的小区。小区有物业，其实没什么垃圾可扫，倒是一路上水果摊贩制造了不少果皮垃圾。路过狗窝桃的摊前，狗窝桃主看见扫把就热情招呼，想让我们去帮他扫地。我提议说要不就去狗窝桃那儿扫扫吧，多少还能运回点垃圾，不至于两手空空。可是领队不让，他说一定要进小区，要拍照为证，而狗窝桃拍照无法为证，虽然二者只差了几米。

小区果然干干净净，地面上一点纸屑都没有，我们像福尔摩斯探案那样查找线索，不放过任何一点蛛丝马迹，终于有了收获。有照片为证，照片中所有的党员手持扫把对准地面上唯一的一粒烟头。幸好有人将它遗落人间，否则白来一趟。在宝贵的烟头面前，同样可以体现出党员们万众一心，与群众心连心，为人民群众清扫一切的干劲。后来这张图片发往报社准备刊登在报纸上，但是那段时间报社收到党员扫地的图片实在太多，最后优中选优，选了一群党员同样万众一心，手持扫把对准小山一样的垃圾。

扫地行动仍在继续。扫地的队伍越来越壮大，小区门卫一年一换。每年春天，面对一群手持扫把的陌生人，门卫就像一个深思熟虑的哲学家，他总是盯住扫把发问：你是谁？你从哪里来？要去哪里扫……

喝醉酒的人，远看都像亲戚

摆在我面前的这条路叫作环城南路。每天，我都面对着它，一天的大部分时间用来看书，关起门来看书，看似与世隔绝，却能听见外面的动静，是隔门有耳。当我面对着环城南路，摊开一本书的时候，我的左边是麻将馆，右边是面馆，整条马路于是一分为二。左耳多听洗牌声，嘈杂而有规律，有时大浪淘沙，有时细水长流，快到饭点的时候，一桌人的肚子都饿了，搓不动了，声音就细。右耳多伴随面馆轰轰的油烟机，炸酱面、酸辣粉、泡椒牛肉面、酸菜牛肉面都在油烟机的轰轰声中鱼贯而出。两只鼻孔则共同享受着锅碗瓢盆油瓶抹布上都飘着的肉香。

麻将馆的隔壁是一家饭馆，面馆的隔壁也是一家饭馆，身处两家饭馆的中间，就像两条细小的支流不约而同地汇聚在我面前，形成入海口。两条支流的存在隐隐约约改变了我的生活。

左边的饭馆比较低调，从里边进进出出的人们尽管喝了酒，也保持着温文尔雅；右边的饭馆很喧哗热闹，是两种完全不同的风格，一个婉约，一个豪放。无论哪一派，酒到了每个人身上都会走出各自不同的路径，喝醉酒的人，远看都像亲戚，有一种隐约的血脉相连。

有一天晚上，我想出门一趟。车停马路边被一群豪放派团团围住，好像车子是他们的，他们才是车子真正的主人。其中一位"马丁·路德"正在演讲，"马丁·路德"的一只手搭在车子的后视镜上，另一只手叉腰，腰板挺得很直，看上去像要起义。此人是热爱演讲的，只是平常少了登台亮相的机会，于是趁着酒兴，设坛开讲，一群听众则大呼小叫，啧啧惊叹。其中有一位听众趴在车窗上，可能是太困了，或是喝多了站不稳，只能趴着听。他们高谈阔论，偶尔互动，以我的车子为中心绕成一圈，熟门熟路，没有要离开的意思。在一群酒足饭饱的人面前，滴酒未沾的我是多么势单力薄，"马丁·路德"慷慨激昂，我只能望而却步。

如果下雨，他们会在我的屋檐下躲雨，整条环城南路只有一扇门是关着的，躲雨的人不知道里边还有人。

雨天很容易便将话题拐入心灵深处。有一天，A君和B君，就在我的屋檐下，讲起了人生苦短，他们渐渐敞开心扉。A君的声音有些耳熟，偷偷往门缝张望，原来这位A君是我认识的，是一位政府官员。但我们熟悉的程度还远没有达到此时开门揭晓的地步。我应该请他们进来喝茶，但在那么多的隐私面前，我的出现会让A君大吃一惊，他会后悔自己敞开心扉的。我只能继续听，雨很配合，继续下。

A君说，他前阵子得了一场病，是从前的酒和现在的酒郁积体内造成的，从前的酒根深蒂固，现在的酒变本加厉，终于有一天从前的酒和现在的酒拧在一块儿将他击垮。大病初愈，他终于明白人生的真谛，不是职位的提拔，不是财富的积累，而是自己的肉身。他低头惭愧的样子，好像刚才喝下去的不是酒，是后悔药，他为刚刚注入体内的酒精忏悔，说不定它们又将与从前的河流重逢，找到一个新的入海口。我往门缝里细细打量了A君，他的脸看上去比从前小了一号，脸色蜡黄，像河滩上无人问津的黄蜡石。最后"黄蜡石"问B君，雨怎么还下个不停。B君说，是啊，怎么还下。回答他们的是一片淅淅沥沥的雨声。

却说"马丁·路德"演讲那天，我临时改变了主意，将出门改为散步。于是借着一小片月光沿着环城南路往西边走，这时C君如灵感般忽然降临。

他像树影一样立在地上，摇摇晃晃，像是被连根拔起之后找不回原来种树的地方。他从饭馆出来，跟刚才的"马丁·路德"不是同一路人，掉队，陷入无政府状态，他开始寻找漫漫回家路，这条路平常再熟悉不过了，此时却成了横在面前无法跨越的长江。

C君多年未见，看上去比实际年龄要年轻许多，刚经过酒精的灌溉和沐浴，身上添了几许童真可爱。他50出头，长得像动画片里的小头爸爸。我问他家住哪，他指了指路边的围墙，在空中画了个圆，说"边上"。事实证明他所指的方向是对的，只是边出了好几里路。

我说我送你回家吧，看他的样子，走到天亮也未必能找到家门。可他坚持要自己回家，不肯告诉我家在哪，像个忠贞不渝的共产党员不让敌人撬开他的嘴巴。

我决定将散步改为跟着他走，保持一定的距离。

"小头爸爸"先是走了一小段路，停下，抬头看看，不像；又走，又停下，又抬头……他像一枚回形针，路线迂回曲折。其中有过一次较长时间的停顿，那是立在一户人家的墙根背对着我撒了一泡尿。

就这样，我们走走停停，保持着二三十米的距离。

我决定不管他同不同意都护送他回家，这是我的责任，否则我的散步无法结束。经过一轮又一轮的电话终于找到他夫人的号码，当我在电话里大致介绍了情况后，夫人在电话那头发出绝望的声音——别回来了，让他睡马路吧。

她的脸色一定阴沉得像块没晒干的抹布。

他没处去。把他丢在大街上，我也有责任，我总不能带他回家。

50多的人了，还当自己是20出头的小伙子。

她开始有一点点让步，毕竟是结发夫妻，毕竟这样的情况不是一回两回。

我把"小头爸爸"带上了车，他已丧失寻回家门的自信，正好"马丁·路德"演讲结束，车身恢复自由。

一路上，"小头爸爸"对我很感激，他表示要请我吃顿饭。还郑重其事告诉我他是重要部门的科长，这个科长还是有点厉害的，他说。让我有事尽管找他。话里头有小小的得意。

他的思路很清晰，哪怕忘了回家的路，也没忘记自己是重要的厉害的科长。

到家。他怎么也不下车。我说到了，老婆在等你呢。他还是坐在车上纹丝不动。我帮他打开车门，他却安之若素，面带羞涩。回形针路线消耗了太多元气，"小头爸爸"已无法动弹。

夫人驾到，边数落边搀扶他回家。"小头爸爸"在夫人面前像一头温顺的羔羊，趴在夫人肩上，睡眼蒙眬。

此事过去将近两年，"小头爸爸"请客至今没有兑现。

这件事如果发生在上学时，老师布置学雷锋的日记，我肯定不会再无内容可写。

如今的我，仍天天面对着环城南路，仍关起门来看书，面前两条细小的支流对我更是不离不弃。我一边看书一边听外面的世界飞尘落地，细水静流，隔门有耳，我听见了躲雨的他们，敞开心扉的他们，围着车子不走的他们，找不到回家路的他们，像朵乌云互相推搡的他们，我遇见一群血缘相似的人。

在春光看大街

20多年前，我的工作就是看大街。

我跟另一位林大哥成天趴在柜台上，像两个关在牢笼里的孩子，眼巴巴盯着外面的世界。那时候的储蓄所只要有两个人就能营业，没有监控，没有任何防护措施，唯一能保护我们的就是一根上了锈的狼牙棒。可是那家伙我根本操不动它，万一哪天来了歹徒，八成会被人夺去，于是我把它丢进了柜台最里边的角落，上面结了不少蜘蛛网。有一回保卫科长检查各网点的狼牙棒，四处寻觅未果，后来他亲自爬进柜台角落捞出了那家伙，他从那里边钻出来的时候活像一只蜘蛛精。

那时候社会安定着呢，不用说狼牙棒，连二道门都敞开着，二道门就是连接柜台里外的门，那时候谁都可以自由出入柜台，坐里边聊天喝茶，一边喝茶一边看数钱，多爽。钱箱的专业术语叫作头寸，有时候客人往箱子里瞧一眼，他们就直勾勾盯住那白花花的人民币不放。我跟林大哥就挺自豪的，好像这些头寸都是我俩似的。有时候钱箱里边空空如也，客人只顾喝茶，我就赶紧把箱子盖上，省得人家笑咱穷。

后来我们之间有了默契，只要那天钱多，就把箱子打开，二道门也敞开。如果钱少，就关上。

那时候储蓄所之间的女同志经常相约逛街。她们可以逛上一整天，买衣服买鞋，把整条街都逛遍，刚发工资那些日子，她们天天在街上，以至于沿街店铺对她们都十分热情，整条街上最新款最漂亮的衣服全在她们身上。

跟现在的银行相比，那时候的银行简直不能叫银行。现在的银行不但监控360度无死角，还有配备器械的专职保安，时时保持警惕，寸步不离。可是在春光储蓄所，林大哥就是我的保安。

更让人难以想象的是，下了班，把钱箱子往自行车上一撂，噌噌噌骑到支行大楼去存金库。居然也没在半路上掉箱子，更没有遇上劫匪，那时候还没有运钞车呢，全社会都是良民，没有人酝酿过抢银行这件事。直到后来，港台片看多了，才知道银行是可以抢的。多则几十万少则一两万的铁皮箱子就在林大哥的自行车上一路晃荡到了金库，那铁皮箱还是对面老铁匠给敲的，由于做工粗糙勾坏了我好几条裤子。金库有两位门神看守，他们的任务就是在那里边看好锁，睡好觉，看电视。他们几乎不聊天，面对面两张床，该说的话早就说完了。

我跟林大哥所在的春光储蓄所，只有巴掌大，如果里边塞进去四五个人就转不过身。由于门面小，生意冷清，曾有人照顾我们跑过来存钱，到门口了还找不见牌子，那人又失望地回去了，说不定那时候我跟林大哥也正在看大街呢，怎么就没看见存钱的人呢？"春光储蓄所"的招牌可能是全县最小的，低调，名字又那么淳朴——春光，好像随随便便就给了一个名字。有时候人家问我在哪工作，我都不好意思说我在春光。

春光，春天的光，春光乍泄。这可能是生意冷清的主要原因。

生意冷清，为我们看大街提供了方便。这县城里的人，哪个长得俊，哪个长得丑，只要站在大街上，我们都一清二楚。那时候的林大哥未婚，对美女比较感兴趣，他叫她们仙女，就像董永热爱着七仙女。尽管林大哥爱看仙女，但看多了也会累，他累了就趴在桌子上睡觉，一切大小事务都交给我，除非有十分靓丽的仙女出现才能叫醒他。电话铃响了他也让我接，可是打电话的人都不是找我的，我刚来没多久，科长打电话指名就要他接，哪怕是芝麻绿豆大的事。这个时候林大哥对科长可凶了，因为科长扰了他的美梦，他将脑袋搁在桌子上，话筒挂在耳朵上：有事吗？没屁事就挂了。

啪！倒头继续睡，像头东方睡狮。

科长也是闲人一个，他一个人一间办公室估计需要找人聊天，于是就找各种各样的理由。有一回员工体检结束，他就挨家挨户打电话汇报。其中就有小叶增生的女同志，他在电话那头告诉她你有点小叶增生，女同志火了，啪！就把电话给挂了。她回头气冲冲地告诉我们：不就是小叶增生嘛，小叶增生关他屁事！

林大哥在接科长电话的时候，态度十分恶劣，除非遇上心情特别好。我觉得林大哥在接科长电话的时候，跟女同志对待科长的态度是一致的。

就这样我跟林大哥好像两只笼中鸟，关在笼子里自得其乐，我们从早看到晚，看到下班，看到回家，每天都对这份工作依依不舍，看大街让我对枯燥的柜台工作充满了兴趣。后来我想我那么爱看人，爱把看人的结果化为文字，可能跟那些年的经历有关。

有时候我们明明想多看点仙女的，但是落入眼帘的总是大妈，这让林大哥觉得人生有点苦短。曾有一位长得很好看的仙女姐姐骑辆日本三洋小摩托车突然出现在林大哥眼皮底下，看久了大妈的林大哥双眼当然为之一亮。不料正在此时，街上的一条横幅被风吹落，横幅的一头卷住了三洋摩托的后备箱，好像杨贵妃的三尺白绫飘然坠下，仙女姐姐重重摔了下来。摔了跤的仙女姐姐形象气质全毁，林大哥于是感叹人生苦短，红颜薄命。

由于春光储蓄所的门面实在狭小，生意实在惨淡，最少的一天只有三笔业务。虽然刚参加工作那会我每月只有三百块工资，林大哥工作时间比我长，他有六百，他经常睡觉居然还能拿到六百，这让我看到了自己的锦绣前程。

春光储蓄所的风水不好，每个月都完不成存款任务，需要跑到同行那里去拉客户。有一回为了完成月底的存款任务，春光所的李主任亲自背个大书包，去乡下的邮政储蓄所扛了30万现金回来。那天他骑着借来的光阳摩托车，风尘仆仆，他脑门本来就大，载着30万现金骑回来的时候，整个头发都竖了起来，像一头远征归来的狮子。30万钞票，让我跟林大哥点了整整一下午，谁让我们平时都看大街，没有机会练身手呢，再说那30万都是10元的钞票。李主任单枪匹马把30万搬回来，书包不够，又添了一个编织袋，也就是尿素袋。运输途中他用双脚死命挡住尿素袋，脖子上挂了书包，一路上没吹走一张。

李主任的摩托车是借来的。那时候当主任的主要工作就是出门拉存款。我们的分工很默契，我和林大哥看大街，李主任出门找钱，他满世界跑，急需一辆交通工具。

这时候的林大哥开始谈女朋友了，需要一辆摩托车的出现，摩托车就好比运载灰姑娘的南瓜车，有了摩托车就可以带女朋友出门兜风，摩托车兜风的样子比骑自行车帅多了。只要他加大马力，女朋友就必须紧紧搂住他的腰，否则会被吹走，这样粘合度高了，谈恋爱的成功率就提高了。于是林大哥蠢蠢欲动，想买又舍不得买，他发誓要等李主任买了他才买，否则李主任一天到晚骑他的摩托车蹭他的油，以拉存款的名义到处周游。在日复一日的刺激之下，李主任终于咬咬牙，买了一辆本田王。他们各自带着女朋友呼啸来呼啸去，从此他们上班动不动就要找点理由出门，名曰拉存款。

从那以后，我就一个人看大街了。

他们的名字很朴素

1995年，我是武义建行的一名柜员，刚上班没几天，就发现银行工作单调枯燥，有时候一天三笔业务，存款一笔，取款一笔，挂失一笔，偌大的银行网点一天只见三个人，为了让自己的人生更精彩，我开始寻找工作中的乐趣。

其中一项就是研究人手一份的通讯录，我是新员工，他们中的大多数我都不认识，但可以研究他们的名字。

那些名字一眼望去都很朴素：董晓红、李锡红、胡旭红、徐红娟、何鹤红……一路红到底，祖国山河一片红，每款红都不一样。其中何鹤红这个名字有点惊心动魄，让人联想到鹤顶红，那是毒药。皇帝要毒死大臣的时候，就端出一杯鹤顶红，那个将死之人捧着鹤顶红哭得稀里哗啦。

除了中国红，还有中国莲：应彩莲、张菊莲，莲花处处开。也有徐根起，不知是谁要将他连根拔起。徐根起平常喜欢耸肩的小动作，大概是受了名字的影响，时不时要将自己提起。陈尚和，让人幡然顿悟有些词语倒过来就是名字，陈尚和上过大学，平常说话三句话不离弗洛伊德，像个哲学家，后来我反复听他所讲内容，也没听出啥，他只是热爱弗洛伊德的发音。

通讯录是一张巴掌大的压塑卡片，小巧玲珑，一串名字和一串电话相连，像情报部门编排有序的代号。从里边随随便便拎出一个都充满着乡土气息：汤寿堂、谢松岩、陈义松、周树生、李林福、许利民、祝建洪、洪建广、王胜标……三个字的居多，两个字的较少。其中有一位叶儒宏，相传是大唐道士叶法善的后人，相貌也继承了叶真人的衣钵，看上去有仙风，有道骨。有一回我在路上瞧见他追公交车，儿子放学乘公交回家，下了车，把书包落在车上，叶儒宏于是像夸父追日那样追公交，恍惚间有几分叶真人得道成仙的影子。

彭杰、程巍、林辉、林炫、王劲、任峻、李晓渊，这些算是比较洋气的名字，一看就是城里人。黄秀媚，女同志中最洋气的，媚是武媚娘的媚。邱美花，一朵美丽的花。还有陈兴旺，兴旺，多么朴素美好的愿望，家族兴旺。陈兴旺是科长，从前在部队文工团唱歌，有一副好嗓子，建行春晚他上台高歌一曲《小白杨》，掀起了整台晚会的高潮。不知他的家族兴不兴旺，至少嗓子已经兴旺了。

如果单从名字上判断性别，容易出错。比如亚男，全中国的亚男几乎都是女孩。后来我在村镇银行，给总行一位叫汪茂霞的打过电话，电话那头传来男士温文尔雅的声音，我说麻烦您帮我叫一下汪总，他说他便是。我以为他听错了，继续麻烦他，他很有耐心地继续回答。他的耐心传递给我一个信息：名字不分男女，"汪茂霞"可以是男的。建行的通讯录里，少不了这样的情况：王瑞敏，男；赵美康，男；朱向武，女。千万别认为朱向武同志长得五大三粗，她亭亭玉立，很像电视里的还珠格格。

还有童义生，他的弟弟童信生是人民医院的牙医，他们是孪生兄弟，相似度百分百，连声音都像，二者分不出伯仲。有一回病人从弟弟童信生那看完牙，下楼就碰见了哥哥童义生，张嘴半天说不出话来。这种情况童义生早已见多不怪，一笑了之。

通讯录上还有两个名字：叶文华和叶文娥。虽然这两个名字在卡片上的地理位置有点远，隔了千山万水，但全行只有他们的名字结构最接近兄弟姐妹。叶文娥是女的，叶文华就不太好判断，男女通用的汉字。后经深入调查：叶文华，男，和叶文娥没有一丁点血缘关系。叶文华的出处是履坦镇中央王村，一个很小的村子，口气却很大，野心勃勃中央王；叶文娥的出处是草马湖村，村子比中央王大好多，名字却低调：草，野草的草，草率的草。叶文娥擅长计算，算起利息倒一点也不草率，大大小小的比赛她总能拔得头筹，年近五十还代表行里参加县里的技能比武，操一把小算盘，噼噼啪啪，完胜一群小姑娘。从那以后行长就在全行会议上号召向叶文娥同志学习，学习她老骥伏枥志在千里。

那位叶文华虽不是老骥伏枥志在千里，也擅长计算，也很吃香。他是造价咨询师，算砖头算水泥，人称叶工，或叶公，他的吃香有点大器晚成。从前跟他一个科室的人不少，僧多粥少，那些人年龄都比他大，后来比他大的退休了，比他小的调走了，他成了硕果仅存的一个。自从比他大的比他小的都离他而去，叶文华开始独挑大梁，业务能力迅速提升，名声越来越大。坊间流传最广的一个段子，就是关于他家造房子砖头匡算准确无误，一块不多，一块不少，这是一项绝活。这个段子导致他的生意越来越好，收入水涨船高，也惹来不少羡慕嫉妒恨。当然，他也会请客平一平民愤。

叶文华爱爬山，爱走街串巷，武义的每一条巷弄每一个山头每一处村庄他都了如指掌，都一一抚摸过。周末他骑摩托车四处兜风，渐渐将脚步迈出了县，跨出了省。他给自己取的网名就是"青山不老"。

不老是不可能的，春华秋实，青山也会老，谁都不可能是不老神鸡。出生于1966年的叶文华，2020年他的两条腿终于出现状况提前退休，不让他继续爬下去了。大概是从前爬的山太多，把下半辈子的都提前爬了，现在，他只能望山兴叹。

巴掌大小的通讯录每年都会重印，人员进进出出，旧的不去，新的不来，领导也一样进进出出。每回换领导，通讯录就跟着换。换员工，要隔了大半年才让你知道新员工的名字。卡片上的那些名字已越来越洋气，有的不像是本国人，倒像是外国人。

阿姨要谈恋爱

我订《读书》杂志那阵子，感觉自己十分骄傲，能将这样一份小书每月坐拥入怀，是一件高雅的事。虽然每本书只在很短的时间内草草翻阅，基本没几篇能看懂，但单位的保安叔叔每次将书交给我手中时的那份郑重其事，让我油然自信。他说，整个单位属你看的书最多，那个放书报的角落里都是你的，一看《读书》就知道你是一个读书人。

我有点心虚，将《读书》带上楼，摊开在我的办公桌上，让它翻开的更久一点。

保安是个好人，他上楼打水，就会顺带把那些书放在我的桌子上，这样少了些面对面的表扬，也好。

有那么一阵子，书到达桌面的脚步放缓了许多，后来竟然如更年期就不来了，再后来不但是《读书》，连《收获》等等也更年期了。我有点奇怪，去存书报的角落找线索，又去问保安叔叔。

他说最近都是阿姨帮你带上楼的，她很积极呢，我要带上去，她就说我来我来。

阿姨是单位的卫生总管，我们都称保安为叔叔，称她为阿姨。叔叔阿姨，好像我们是一群没长大的孩子。只有办公室主任在会议上提到这个角色的时候会用"保洁员"三个字，平时他也叫她阿姨的。"阿姨"亲切，"阿姨"是一种统称，她们会换来换去，不必透露姓名。

阿姨正在她的"办公室"。那个地方我从未去过，是男卫生间，几个月前她就对全单位的男性公民声称三楼的卫生间坏了，把所有的男性公民赶到了另一层楼上厕所，为避免上错还加了把锁。从那以后，那个屋子就成了她的"办公室"，她将自己反锁在里面，只要搞完卫生就躲在里面，没有人会关心一个阿姨在里边干啥。

我打开了男卫生间的门，看见了被阿姨改造后的模样：每个便池都被一片片纸箱挡着；便池与便池的水龙头，连接它们的是一个拖把，拖把搭在水龙头上，像是便池扎上了马尾巴；里边摆着一些"家具"，都是以纸箱为原料的，阿姨的"衣柜"，阿姨的"桌子"，她的衣服都洗晾在靠窗台的竹竿上。这时闯进来一位男性同事，感觉这件事对他造成了一些污辱，他连呼带跳地跑出去，快来看哪，我们的卫生间！

而我的《读书》，我的《收获》，那些未能如期而至的杂志此时都在她的"书桌"上，它们用奇怪的眼神看着我，仿佛我是突然闯入的公民，而它们真正的主人并不是我。

这些书太好看了，年轻时我也很喜欢看书呢。最后一个字语调上扬，有对自己的赞赏。阿姨说这些话的时候，我有点热泪盈眶，仿佛天上掉下了一位知音。

现在全单位都知道卫生间被阿姨改造成了"书房"，男性公民要夺回他们如厕的权利，办公室开始总结阿姨的工作清洁程度已经明显下降，还有她在"书房"里谈恋爱聊电话煲的事。

原来她是一位单身离异女性，身边不乏追求者，有一回那位勇敢的追求者还在食堂门口跟她袒露心声，大致意思是我们一起过了吧，我会对你好的。内容相当于求婚。我们从三楼的窗台望下去，都责怪那男的不带束鲜花，否则能让婚事更顺利些。为了满足大团圆的结局，连男同事们也将宿怨放下，希望她能从了他。

她愤然离开，丢下了那位勇敢登门的追求者。她说他衣领子太脏，没有房子，还有个女儿要上学等等。总之，她给自己找了好多不能从的理由，每一条理由都充分说明她的眼界还是高的，宁缺勿滥。也是，看了那么多书，嫁人当然不能草率。

我忽然发现她的身段还是苗条的，背影还有徐娘的丰姿，她每天的衣服都是合身的，不肥不瘦，搞完卫生她都要换上洋气一点的衣服，那些工作时穿的衣服，她是不会将它们穿出门的。她有时候还会走过来对我十多年前的裙子赞赏几句。而那位衣领子黑乎乎的男士，确实给人一种"牛粪"的感觉。

办公室主任找她谈话，说她不把工作放在心上，搞卫生的时间远没有"独自办公"的时间长，言下之意是工作的时间比不过恋爱的时间，办公室把她利利索索给辞退了，后来他们长了个心眼，换上不用谈恋爱的阿姨，搞卫生不需要谈恋爱。

名字那些事

从前在银行上班的时候有位同事，名叫邱美花，人长得漂亮，亭亭玉立，像一朵美丽的花。

有一天来了一位客户，这位学无止境的先生在存完钱后把工号牌上的名字看了又看，念了又念，研究半天，终于冒出一句话——"邱美花，邱美花，一朵美丽的花，可惜是臭的……"

在方言里，"邱"跟"臭"同音，"邱美花"，一朵美丽的花就成了"臭美花"。可惜她们家还有：美菊、美香、美玲……如此芬芳的一群姐妹，一下子全"臭"了。没多久，又碰上了另一位客户，她在办完业务后指着美花的工号牌有了重大发现——"我姐，也叫'美花'！"

这位客户叫美香，后来她和美花聊着聊着就发现原来那户人家的女儿跟邱美花家的名字完全相同，只是姓不同，于是围绕美香美菊美玲她们又有了说不完的话题。从那以后，美香只要来存钱，就跟美花情同姐妹聊好久，而美花呢，总是被她说得蠢蠢欲动，想去认识另一个美花。

其实这并不算稀奇，我的一位好朋友叫金仙，她同样发现有跟她的姐妹名字一模一样的：金仙、金兰、金花、金莲、金梅，一个都不少。

从前给孩子取名字，都逃不过那些字。

那是尚未计划生育的年代，后来计划生育人口虽然少了，但在取名这件事上，仍是英雄所见略同。

我在上一年级的时候，班上就有两个"洪亮"，一个姓洪名亮，一个姓蔡名洪亮，这样已经够折腾了。到五年级的时候又转来一名新同学——潘洪亮，可惜这三个洪亮说话都是瓮声瓮气的，一点也不洪亮。

读高中的时候，班上又出现两名"朱东"，为了区分他们，老师按身高分别命名为朱东、朱小东，而同学间更乐意用大朱东、小朱东。世事难料，若干年后同学会两个朱东再次"交锋"，这时小朱东已长成了大朱东，而大朱东原地踏步成了小朱东，他们交换了场地。

名字这件事应当引起足够重视，否则会被人笑话。有一年我们组团去台湾，同行的有一名董莉莎，名字够洋气了吧，看上去也没什么可发展的空间。可是刚下飞机，董莉莎就开始上吐下泻，大家都在洗手间门口等她，台湾导游这时突然来了灵感，挥着一面小旗子就高喊——"董莉莎需要克痢痧！"

这句流传甚广的口号，让董莉莎的台湾之行，多了一些被调侃的把柄。

后来又有人把《蒙娜丽莎的眼泪》往她身上搬，把歌词改成了"在浪漫之都，你看到了董莉莎的微笑……董莉莎她是谁，她是否也曾为爱争论错与对，为什么你总留给我失恋的泪水，把你的感情付给别人去摧毁……董莉莎她是谁，她是否也曾为爱寻觅好几回，她的微笑那么神秘那么美……"此歌名噪一时，董莉莎的微笑越来越稀罕。

这是从蒙娜丽莎到董莉莎的华丽转身。同去台湾的还有一名潘巧怡，请注意：潘君非女性，胖胖的，如国宝熊猫，不知道当初他爹妈是不是一心一意想生女孩的。

除了潘巧怡，我的高中同学里还有舒苗敏，是个块头特别大的男生，一点也不苗条，身手也不敏捷。虽然名字寄托着当初美好的愿望，但现实总是残酷的。

还有我的一名学生，是个小男孩，名叫"鲍君豪"，人称"暴君"。这位非常非常文静的男孩子，从来不会对封他为"暴君"的人提出一点抗议。我实在看不过去就把他的名字拿来重新解释："鲍君豪"就是"暴君好"，在念"好——"的时候我用的是加重的拖音，然后举一个历史上著名暴君的例子：没有秦始皇，谁来统一中国？

从此鲍君豪身上就有了秦始皇的霸气。

从前的名字就是围绕那几个常用字，不过长江后浪推前浪，后来的名字就越来越新奇。我们家邻居有个小孩，名字就叫"不不"，我猜可能是不不的爸爸读了一篇文章后得来的灵感，那篇文章是让中国人学会说"不"的。可是不不的外婆对不不的名字意见很大，她说她只要喊不不，就能喷出不少口水，她还示范给我们看，不不外婆给不不的爸爸妈妈施加压力，希望不不能改名。可是不不的爸爸妈妈已经学会说"不"了，这件事就无望了。

说到这里，有一个名字多年来始终充满了神秘感，他叫"韩胖的"，是汇款单上的收款人。十多年前，有位客户每个月都要往"韩胖的"的账户上汇钱，第一回见到"韩胖的"的时候，我们整个柜台的人都忍不住想笑，我们一直憋住气等客户出门了，才敢把身体里的笑使劲给抖出来。当然，我还不忘给美花打电话，告诉她这个好消息，因为跟"韩胖的"相比，"邱美花"实在是太平常了。

至今我都不知道这位韩胖的到底长得胖不胖。

程望槐的不曾忘怀事

  程望槐喜欢合影，第一回见面，就被他合了影。

  那是2022年9月的一天，我和我姐去永康，顺便完成邬浩良给的任务，找程望槐取书，两本《永康旧城风物》。程望槐是多年来帮邬浩良在永康取书的接头人，也是我们此行的联络人。我和望槐在电话里约好了接头地点，就在步行街的牌坊，牌坊上有"西津渡"字样。

  望槐骑公共自行车来了，怀揣两本厚厚的书。我还没看清楚他长啥样，就被他握了手，合了影。头一回见面，不好意思拒绝，其实我内心是很排斥的，平常也不轻易与人合影。而望槐不但合了影，还得寸进尺将合影的方式进行了排列组合：先是他和我在牌坊下合影，拍完发现手上没拿书，于是听从他的指挥，原地不动，捧着《永康旧城风物》又合了张影，那样子有点像捧着红宝书。接着是我和我姐的合影，望槐和我姐的合影，也是手捧一本书，细心的望槐还不忘检查书有没有倒着拿，"西津渡"三个字有没有拍进去。最后是我们仨的合影，望槐找了路人甲帮忙。后来我才发现，在接头之前，望槐还将两本书摆在桌面上像双胞胎一样合了影。

  两本《永康旧城风物》，一本是给我的。看在"有功"的份上，我在内心饶过了望槐的得寸进尺。

这是望槐给我的第一印象——一个热爱合影的老男人。他是1969年出生的，按理说这个年龄的男士保养都不错，他却看上去有些皱巴巴。望槐很瘦，显瘦的主要原因是脸小，他的脸蛋只比巴掌大一点，身材又苗条，与他合影的女同胞就有点吃亏，她们往往会成为望槐身边的"大饼脸"。由于脸小，望槐的脖子就更长了，像"曲项向天歌"的鹅。虽然戴黑边半框的眼镜，但眼皮还是有些肿，仿佛没睡醒，可是从整个合影过程来看，望槐浑身上下都很精神，也许理解为"深度卧蚕"更合适。由于脸小，脸上的一切就稍显纠结，没那么舒展，皱纹也更见多了。

我们的第一次见面，以握手开场，握手结束，合影是贯穿其中的主要内容。没过几分钟，望槐就在朋友圈发布了我和他的、我和他和书的、我和我姐和书的，还有我们仨和书的、书和书的等等一系列合影。其中我和他的还分为半身照、全身照，因为要把高高在上的"西津渡"三个字拍进去，我们的身影就渺小了许多。纵然渺小，我的大饼脸依然衬托着他的巴掌脸。

合影发布之后，我就收到了来自四面八方的消息，这个问我去永康啦，那个问我又跑哪里玩啦，还有啥话也不说，发一张大饼脸和巴掌脸合影的。

望槐的朋友圈，合影是主流，他几乎每天都要合影。比如说到高圳路吃个肉麦饼，跟老板娘一聊，原来老板娘的亲戚他都认识，说来又是老熟人，于是你送我一个饼，我送你一本书。望槐正好随身携带刚出炉的《槐园撷英》，而他们的合影方式也是紧紧围绕道具展开的，先是望槐和老板娘和饼的合影，然后是望槐和老板娘和书的合影。而肉麦饼呢，由于老板娘和望槐边聊边烙边合影，就有点焦了，看上去像老板娘一样圆扑扑那么可爱。

望槐在小区里散步，他那伸长的脖子和灵敏的耳朵引领着他来到一只手机面前。望槐将手机归还主人，顺便又聊上几句，其实是为后面的合影打基础。一问原来是程姓本家，同是方岩镇堂慈村人，出处又相同。于是又有了大饼脸和巴掌脸的合影。

实在没机会合影，望槐就和建筑物合影，和书合影，和妻子合影。当望槐在文章中提到妻子的时候，就有点肉麻了，"在弥漫着艾蒿和栀子花香的小屋里，我托起你那像含羞草般深埋的脸，爱慕浮上心头。这氤氲的气氛，怂恿我向你提出一个魂牵梦绕的愿望……我等你，等到那一天，你忧郁的目光穿过黑夜，燃起炯炯的火焰；你冷艳的脸走过冬季，绽开灼灼的花瓣"。含羞草般深埋的脸叫陈红英，微信名"槐园撷英"，原来望槐在书名上别有用心，又肉麻了一回。当初爷爷给他取名字的时候，是想让他多望几眼槐树的，他却将深情的目光望向了红英。

生活中，红英是望槐的司机。望槐虽有托起含羞草般小脸的勇气，却不敢摸方向盘。在诸多合影里，望槐或戴眼镜，或摘下眼镜，没有规律，全看心情。我称他为"曾忘怀"，他却对合影这件事始终不"曾忘怀"。

第二回见面，还是去永康取书，是去永康图书馆，和永康文献丛书的编委老师们见面，望槐是领路人。那天我做好了不让望槐合影的准备，当他悄悄将脚步挪移，举起手机想要偷拍的时候，我拿起桌上的书挡住了自己的脸，郑重告之不许偷拍，不许发朋友圈。在场的老师们也纷纷提出不许偷拍，想必他们早已被望槐合过影了。望槐显然没有在合影这件事上遭到过拒绝，他很诧异地问为什么，回答他的是一片沉默。最后我低头翻书的样子，还是被他偷拍了。

望槐在街道上班，他的大部分合影，都在工作间隙完成，想必工作效率特别高，擅长两手抓，一手抓工作，一手抓合影。

后来，望槐几次邀我去永康，我都没答应。我问他去干吗，去合影吗？小心我写你。

吴博导和他的边牧

吴博导，字文献。吴文献，听上去就是文绉绉的名字，因为无所不知，无所不晓，大家都叫他吴博导。博导叫多了，文献渐被淡忘，再过上几年，世人大概只晓得吴博导，不知有吴文献了。

吴博导家住环城南路，上班也在环城南路。每天他都从环城南路的中南名城出发，自西向东，经梅郎食府、壶山书院、老字号特色拉面、公牛插座等林立的商铺，然后将脚步停留在公牛插座，在那儿喝上一杯茶，像百家讲坛那样开讲。也在热气腾腾的府上包驻足，聊上几句，如果此时府上包正吃客盈门，那就继续前行，过红绿灯，绕过六百年的老樟树，去熟溪税务所上班。

环城南路就是吴博导的两点一线。

千万不要认为吴博导总是一个人，除去上班，他的身后都会有一条狗。

过去这条狗叫康康，像它的名字一样身体健康。岁月渐长，到14岁的时候，康康已是垂暮的"老人"，原先还能跟着吴博导绕实验小学的围墙溜五圈，后来体力渐不支，从五圈到三圈到一圈，从无比从容地跑在吴博导的前面开路，到后来远远地落在了博导的身后，不断落伍的康康，已老态龙钟。有一天就被一个前世有孽缘的年轻人边走路边打电话给撞上了，康康被撞进了宠物医院，身上多处骨折，自知将与吴博导告别，眼角流下了泪。而吴博导见康康痛苦万分，回天无力，与宠物医院院长合议，将康康实施了安乐死。

吴博导找了块向阳的坡地，将爱狗埋葬。

康康之后是小七。小七初来乍到，吴博导领它去见前辈康康。当着小七的面，吴博导给康康带了礼物，是两个府上包的肉包。吴博导经常带小七和肉包去见康康，而每回这种纪念碑式的瞻仰，都能惠及小七两个府上包。于是小七爱上了这条瞻仰之路，每到周末，就催促博导上路。

小七每到康康之墓，必绕墓一周，撒上一泡尿，以示继承先辈遗志。这是平常的纪念活动。每逢清明，吴博导扫完了祖先的墓，也给康康祭扫。与祖先的仪式相比，康康的略为简陋，不烧纸钱不上香，只有永垂不朽的肉包，却是满满的心意。

小七年轻力壮，沿着康康之路绕实验小学的围墙散步，已远不能满足年轻人的气血方刚。为此，吴博导带小七出门需要借助电瓶车。小七在前面奔跑，博导在后面穷追。小七精力旺盛，不满足于实验小学的短短围墙，博导骑着电瓶车越追越远，从劳动桥到解放桥到栖霞桥，熟溪河的南北两岸都能看见博导追狗的身影。博导虽出生于1964年，年事不能说高，但也不低，因平常注重保养，勉强还能跟上小七的脚步。

虽然小七未将博导丢失于茫茫人海，却在一次奔跑中误食了路边的鼠药。等到博导的电瓶车追上之时，小七已七窍流血，撒手人寰。不，是撒手狗寰。

就这样，博导又一次失去了爱狗。还是那处向阳的坡地，康康之墓的旁边，两年之后，又添了小七之墓。正好是小七习惯性撒上一泡尿的地方，博导认为此处与小七有缘，康康也好有个伴。再者，康康是男，小七是女，男女搭配，天堂不累。但康康有所不知，小七在世的时候，已被博导带到宠物医院花了1700块钱，施了结扎术。

从那以后，吴博导独自去两条爱狗的墓地瞻仰，不再是两个肉包，而是左手两个，右手两个。每当他路过府上包，买四个肉包的时候，府上包就知道他要去哪儿了，不用说便将肉包分开装。

就像人要续弦一样，吴博导终于迎来了一条"新弦"，这回"续"的是九九。九九生性活泼，见人便主动打招呼，把整团的毛往人身上蹭。有了小七的前车之鉴，博导让九九的脖子上多了条绳子。从此，你看见环城南路上，那个夏天穿风凉皮鞋和海南岛岛服，被狗所累，像马车夫，又像在拉纤的就是吴博导。

当然，吴博导也带上九九和六个肉包瞻仰康康和小七，接受前辈的熏陶。

九九天真无邪，对外面的世界无比向往，对外出散步这件事有着突如其来的灵感。原本拉着马车夫在河边散步的九九，突然又改变主意想去绿道玩玩。而博导的座驾电瓶车却在家中，于是博导骑"小鱼"，九九护其左右。九九生性不安分，一会儿让博导追，一会儿又追博导，就这样反反复复，像一场漫长的马拉松比赛。最后，"小鱼"没电了，博导也快没电了，只有九九依然电力十足。

吴博导热爱边牧，康康、小七和九九，都是边牧。康康是陨石色，小七和九九是经典的黑白配。吴博导总是说边牧不大不小，与人为善，没有攻击性。他说这些的时候倒像是在说他自己。

莫莫、柠檬和云霞

2014年7月28日，凌晨三点，当叶片上的露珠还没来得及苏醒，童话中的小公主柠檬踩着一朵祥云驾到了。莫莫呢，爱磨叽，等到星星和月亮都快睡着了，连垂丝海棠的花瓣也谢了，他淡定从容，一步一个脚印终于来了。

柠檬是姐姐，莫莫是弟弟。如果要用上数学等式的话，莫莫的外公等于柠檬的爷爷，莫莫的外婆等于柠檬的奶奶。

莫莫和柠檬，像是约好了似的，手拉着手，开始了一起吃喝拉撒的小时候。

人生何处不相逢，他们手拉着手注定要和云霞相遇的，在和云霞相遇之前，莫莫和柠檬先是遇上了几条鱼。

那是锦鲤，锦鲤在水里游，像是这世上从来没有过的一种花，细致的鳞片在水波回旋处闪烁，像是缭绕着的音乐。

当鱼儿在水里缭绕的时候，莫莫和柠檬坐在婴儿车上，朝着鱼的方向一步一步靠近。在上幼儿园之前，他们的活动以菜市场为中心，柠檬的爷爷，也就是莫莫的外公，左手一辆婴儿车，右手一辆婴儿车，一辆装着柠檬，一辆装着莫莫，朝着菜市场的方向前进。

在一片尖叫声过后，两个小王八蛋蹦着摇摇晃晃刚学会走路的小腿奔向鱼儿，差点就把自己冲进了水池。自从发现了鱼，他们每天都冲啊，从婴儿车上蹦下。

他们指着鱼"嗒——"，水池旁边站着保安，保安说"鱼——"，莫莫和柠檬最早学会的发音里，就有了"鱼——"，是跟保安学的。

第二天，他们给鱼儿带上了最诚挚的礼物——红糖馒头。起初还挺有耐心，掰成一小片一小片的，一点一点的喂，后来就董存瑞炸碉堡整个丢了进去，任鱼儿们疯抢。一天两个红糖馒头，鱼儿们穿梭在一辈子都没有吃过的美食里。

莫莫和柠檬没有考察过鱼能活多久，也不知道鱼的寿命，总之，那些鱼当天傍晚就死得其所。没过几天，剩下的鱼也含笑九泉了。

鱼是银行的，养在大厅的水池里，司机阿涛负责买鱼。鱼死了，阿涛就要去花鸟市场逛一圈，如果带回的那几条继续含笑九泉的话，阿涛就要继续逛花鸟市场。后来，阿涛带回的是几条鲜活的红鲤鱼，没过多久，红鲤鱼也含笑九泉了。

阿涛跟保安商量到底买啥好，保安建议去隔壁菜市场挑几条土鲫鱼，土归土，但是好养活。那时候，保安的工作已从保卫银行安全转而保卫鱼去了，但仍挡不住莫莫和柠檬趁他上洗手间的间隙，突然丢进两个红糖馒头。他更无法实现和鱼的交流，让它们听他的话不吃红糖馒头。这一点，他始终无法做到。

在一次次考察结束后，莫莫和柠檬对云霞产生了浓厚的兴趣。当然，云霞身上没有缭绕着的音乐，也没有袅袅款款的尾巴，但是云霞的办公桌上缭绕着葡萄。

云霞的办公室，隔墙就能闻见菜市场的味道，窗户打开就能见上琳琅满目的水果和蔬菜。夏天的时候，往窗户外边扫一扫，就能扫回一串危险甜的葡萄。

"危险甜"三个字，写在葡萄旁边的纸板箱上，歪歪扭扭的，像是喝醉酒的样子。自从莫莫和柠檬光临云霞的办公室，云霞每天都从窗外扫回一串葡萄，从

"危险甜"到"全场最甜""全县最甜"，最后都甜进了莫莫和柠檬甜甜的小嘴巴里。

他们脚踩风火轮，噼噼啪啪像两串小鞭炮。有时云霞在楼上，葡萄早就洗好了搁桌上，莫莫和柠檬已经开始动手了，就有人朝楼上喊："云霞，莫莫柠檬来啦——"

云霞噼噼啪啪下楼，把两个吃葡萄不吐葡萄皮的小家伙搂来抱去，吃葡萄的时候让抱，吃完了，两串小鞭炮粘完了，就噼噼啪啪走人，似乎还有下一站等着他们。莫莫虽出道比柠檬晚几个小时，却是吃葡萄的小队长，当嘴里还含着最后一粒葡萄的时候，他一跺脚，"檬檬，走"。当机立断。

第二天，继续"危险甜"。

长大后的莫莫和柠檬，出落得如此水灵，在云霞看来，多亏了当年的葡萄。

可是，鱼的记忆只有七秒，莫莫和柠檬的记忆大概只比七秒多一点点。莫莫和柠檬上学了，从早教到幼儿园，从幼儿园到小学。

多年以后，当云霞在菜市场或水果店，看见当年隔窗相望扫一扫的葡萄，总能把葡萄想象成莫莫和柠檬的小脸蛋。有时，她也会困惑，难道一个人在另一个人的生命里出现，只是为了几串葡萄？

人生何处不相逢，当云霞牵肠挂肚终于见上莫莫的时候，莫莫已是一年级的小学生。在一次聚会上，莫莫的妈妈带上了莫莫，开完会，吃饭的时候，云霞就坐在了莫莫的边上。

"莫莫，还记得云霞阿姨吗？"

莫莫摇头。

"危险甜的葡萄？"

拼命摇头。

"红糖馒头……"

一脸茫然。

"鱼——"

不知道是对云霞的呼唤有了一丝感动，还是天堂里的鱼也加入了呼唤的队伍，莫莫打量着云霞，就像一条鱼在回忆一个波浪。云霞于是将酝酿已久的葡萄往事，还有红糖馒头、锦鲤、红鲤鱼、土鲫鱼，经过一番添油加醋，如河流一般，一点一滴灌进莫莫干涸的回忆。

"莫莫，做人要有良心。"讲完故事后，云霞一脸平静。

莫莫看上去一本正经，虽然他还不知道"良心"二字怎么写。

"别人对你好，你也要好回去。"

"云霞阿姨当年给你买了那么多葡萄，将来你可要对她好。"

"等我长大了，给你买宝马。" 莫莫的确非常有良心。

此时云霞阿姨的面前，不再是一串葡萄，而是一辆宝马腾云驾雾而来，莫莫的誓言让她提前沉浸在多年以后拥有宝马的喜悦中。

"莫莫，我呢？" 旁边没吭声的叔叔开口了。

"奥迪。"

"莫莫……"对面的阿姨终于忍不住了。

"奔驰。"

一棵慢条斯理的树

如果说当代婺州窑在武义的版图，像一片摊开的桑叶，皱巴，起伏，凸起的地方是山，那主峰就是邵文礼，周围弟子如群山绵延，依次展开，在山的缝隙，有曲折的水流，金冲是最边缘的一脉。他是群山中的"隐士"。不抛头露面，极少出现在公众视野，日常以书画为伴，瓷器于他，是诗书画结合的产物。他的工作室"肆楼里"，去过的人都知道，相当于一个小型的展厅，内容四季更新，过一阵子去，又有了新意。除了瓷器和书，"肆楼里"还收藏一些老家具，点缀其间的是来自山野的花草。在这个体量不大的展厅里，有水声，有灯影，有旧年的树枝和干花，也有跟随主人多年的蒲草，瓷器清冷的光辉使得房间里灵气漾动。秋天的紫薇，盛夏的凌霄，早春的玉兰，三秋桂子，十里荷花，都在"肆楼里"留下过芳踪。

大学毕业那年，金冲选择了自由职业，他教书画起步，八年下来，波澜不惊，没有名声鹊起，没有铺天盖地的广告，都是知根知底的朋友介绍。有家长加他微信，翻遍了他的朋友圈，发给他一条信息：你不像教书画的，更像一名旅游爱好者。因为不擅长解释，也就没有了多余的话。云游是必须的。既然是"肆楼里"的一朵闲云，就要往楼外走一走，像一朵云一样出去走一走，将学养、气质、品格、情趣纳入作品。云游的过程也是观天下，观，是又见。"闲云"的脚步时近时远，有时是跑到另一个城市去看展，有时是去往山间，带回一些花草，还有长满青苔的石头。

他喜在山间喝茶，喝茶的脚步遍布山野。车上随身带着竹编食盒，装着茶具，哪里风景好，便在哪里泡上一壶。这不免让人想起"竹林七贤"里的刘伶，只是在没有汽车的年代里，刘伶拉的是板车，喝的是酒。金冲爱茶，很少见他喝酒，有志同道合的朋友偶尔也会小酌，与喝酒相比，他更热爱浸一坛老酒。他爱看书，爱写点什么，在他随身携带的麻布挎包里装着以备不时之需的纸笔，忽然想到什么就添上几笔。即使在"肆楼里"，和朋友聊天的时候，想到了什么，翻开本子先记上。本子上的内容，我从未见过，想必与他的创作有着千丝万缕的联系。2015年，邵文礼自掏腰包举办了首届婺州窑培训班。那时还没有"肆楼里"，但为多年后的瓷器单元埋下了伏笔。从那以后，金冲每年都会去景德镇和龙泉，结交了一群年轻的瓷友。要说与瓷的渊源，与童年的经历也有关系。小时候练书法，以碗盛墨，酱醋小碟是画画的调色板；家里有一箱爷爷留下的餐具，碗底有杭州陶瓷厂字样，餐具上是那个年代的贴花，也有景德镇的青花，绘着弯弯曲曲如河流般的线条；他的老家石井口村，与坛头村的古窑址近在咫尺，从邻村传来的铿锵陶声和青花的明亮从深远处传来，早已植入童年的基因。

在金冲看来，瓷器从来不是一个孤立的存在，它与江南的诗词、书画、器物、手艺、弦乐、美食、风俗，都是十指连心的。婺州窑也不局限于传统的草木灰釉，那些传统的器型釉色属于过去，婺州窑是一个地理的概念，从广义上来说，它就是中国瓷。他想改变婺州窑千年不变的样子，将"陈词滥调"洗去，手绘青花、诗书画点睛，乳浊釉和复合釉、点褐彩的古为今用，在挑战传统的同时，也形成了个人独特的风格。那些瓷器上的书法，细小而匀净，我总觉得，那些细小的字与生活中那些丰沛的细节有着相互牵缠的关系。柔翰一支，是手的延伸，是内心那根触须的外化。在周围参展比赛的潮流涌动下，他保持淡定，像个局外人。偶尔参加，当成闲庭信步，即使得了全国银奖，也不喜形于色，更不在朋友圈显摆，证书压入箱底，好像那是一件无关紧要的事，属于过去时，他更看重的是当下和未来。无论有没有获奖，他都屏蔽商业化，去俗。在他看来，一旦参与了商业运作，作品就会沾染上俗气，浑身上下让人不舒服，是需要警惕的。

爱屋及乌，从去俗，到不喜欢现代气息的东西，除了上课必须的笔记本电脑和投影仪，你很难从"肆楼里"找到一些现代的元素，比如指纹锁，比如IPAD，"肆楼里"更没有扫地机，每一个角落都是主人亲自打扫的结果。与一般意义上的90后相比，金冲是远离了那个年代的人，像是从宋画里走出来的，但他并非是宋画中的某个人物，而是赵孟頫《秀石疏林图》中水边的那棵树。古风霜怀，在他身上有着"秀石疏林"的风骨，有倔强，有独木成林，也有超脱世俗的勇气。他科班出身，大学学的是油画，这种反差，使得他的书画里，又有了中西合璧的影子。有一阵子受倪云林的影响，也可能是随身携带的洁癖，他喜好留白。老庙曾盯住金冲的一幅小画看了好久，嘴里念叨着到底画完了没有，其时画作早已入裱。我想老庙是希望看见画面中呈现更多的元素，这更符合诗人的特性，诗人喜欢在一首诗中出现更多意象，而金冲却擅长减法，想要留给读者想象的空间。于是，那天他就给老庙留下了想象的空间。

艺术创作，并非没有捷径可走。出名要趁早，要想出人头地，可以混圈子，可以模仿，甚至抄袭。那些扑面而来的诱惑，总是在考验着一个人能否沉得住气，能否沉住气，一靠定力，二靠实力。"肆楼里"的瓷器单元，朴实无华，内敛沉静，有众声喧哗后的意味深长，有平庸生活中的豁然开朗，也是一个人内心澄净的写照。"秀石疏林"中的那棵树，也曾出现在他的茶器里。那是一棵慢条斯理的树，不着急枝繁叶茂，不醉心于开花结果，轻盈而又不失力度，呼吸的频率与簌簌的树叶齐鸣。从象征意义上来说，它更接近于一片海，内心的宁静海，看不见，摸不着，却是碧波万顷，一片汪洋。

他和椅子的拉丁舞

强哥爱跳舞，跳的是拉丁舞，他参加各种各样的比赛，拿过不少奖项。舞台上的强哥闪闪发光，穿着将臀部包裹得凹凸有致的紧身裤，只有紧身裤可以将一个男人的屁股照顾得如此细致入微。强哥挺胸翘臀，身上缀满无数亮片，像被萤火虫团团包围，舞台上的强哥行云流水，如天上的一道银河，整个人都亮堂了起来。

强哥的拉丁舞是自学的，在家跟光盘学，光盘就是他的老师。跟体操和花样滑冰一样，拉丁舞得日日操练，强哥在银行窗口当柜员，工作时间长，下班晚，练习时间少，但是时间就像海绵里的水，挤一挤总会有的。可是下了班后的强哥除了练拉丁，还要谈恋爱，强哥想了个办法，把女朋友往拉丁路上培养，这样谈恋爱和拉丁都不错过，跟他谈过恋爱的女孩多少都会一点拉丁，拉丁拉丁，拉近距离，很快他们就能如胶似漆，进入热恋。

强哥所在的储蓄所较偏僻，来的人少，于是一天中有大把的光阴可以拿来练舞。就在客户转身离去的间隙，强哥开始了舞蹈练习。他以标准的银河姿势进入状态，虽然身上穿着银行的制服，虽然少了亮片，少了音乐的伴奏，但是依然可以感受到强哥身上自带着强烈的节奏感，他即使穿着宽松的西裤也有隐隐约约的翘臀，他的动作是那么铿锵有力，干脆利落。

可是再怎么样也得有舞伴啊，强哥张开双臂，需要拥一个金枝玉叶的"她"入怀。强哥就地取材，抱起一张椅子，拿椅子当舞伴，他搂过"她"的腰，和"她"一起翩翩起舞。他热情似火，"她"冷若冰霜，他柔情似水，"她"直挺挺的，没有任何反应，不但身体僵硬，不懂进退，还经常磕着碰着，强哥努力摆脱"她"身上的不利因素，闭上眼睛，沉浸在舞蹈的世界里。柜台里边地盘小，有时候只要一转身，强哥就能把冷若冰霜的"她"推进洗手间，还不如抱一个酒瓶。

当客户推门进来的时候，强哥就轻轻将"她"搁下，进入工作状态，以桑巴伦巴或恰恰的节奏办业务，强哥浑身上下因此有了一种音乐的美。一曲终了，当客户转身离去，他再次将僵硬的"她"拥入怀中，进入舞台中央。他是那么忘我，以至于经常有客户被"他们"的舞姿所感动，好多客户站在柜台前欣赏一个男人和椅子共舞，one，two，three，恰恰，one，two，three，four，恰恰恰。

也跳酒醉的探戈，强哥把头甩来甩去，客户也跟着将头甩来甩去，他们舍不得叫醒他，却会被那个笨手笨脚的"她"逗笑，就是这笑声惊醒了舞台中央的强哥，笑声把他拉回到柜台，端坐在一堆钞票中央。

"她"实在是有些碍手碍脚，他只能退而求其次，跳简单优雅的四步交谊舞，慢一点，再慢一点，强哥有一颗包容的心。

后来，强哥有了固定的舞伴，就是他的妻子，他们边谈恋爱边拉丁，没多久就水到渠成瓜熟蒂落。妻子也在银行上班，跟强哥一样是柜员。强哥上班的时候跟椅子跳，下了班跟妻子跳。上班的时候，椅子就是他的妻子，下了班妻子就是他的椅子。强哥带着妻子演出，墙内开花墙外香，演出服是找裁缝师傅做的，一团黑，一团火。强哥如夜鹰，妻子如火鸟，火鸟的裙裾如火苗时不时被点燃。舞台上的强哥和妻子如同小说中的红与黑，他们身上缀满了萤火虫的亮片，如两道银河。有了感情基础跳起来毕竟不一样，如梦如幻，如痴如醉，七分醉意，三分清醒，银河在舞台上转啊转，奖杯也随之转了进来。

除了热烈奔放的拉丁，强哥和妻子也聊工作。强哥常在上班时给爱妻打电话，嘘寒问暖，从蜜月开始打，打到老夫老妻。电话打多了，就要寻找新的话题，不然老在电话里问候对方饭吃过了没啊今天吃什么的显得夫妻感情寡淡如水。吃了吗？吃了。就无话可讲了，于是双方都不断深入新的内容。

酝酿好了内容再打电话，否则电话里会迎来一片静音。先问候吃饭了没有，接着就问爱妻打印机好不好使，因为打电话的时候强哥和爱妻面前都摆了一台打印机，银行的打印机都差不多，一个牌子，这让他们有了共同话题。要是再深入下去，就是最近色带换了没有，一条色带能用多久，好像办公室的在做统计。

打印机成了他们一天的谈资。

其次问得最多的是钞票整理得如何，今天破币多吗，交款还是领款，箱子里的钱够不够用，搞得让人怀疑这对夫妻躺在床上也讨论钱箱问题，时时刻刻端着工作似的。强哥在电话里温柔体贴，就像他换色带时那样，对打印机和妻子都关爱有加，轻手轻脚。

他们的感情也是不温不火，热情如火都在舞台上，随着女儿出生，拉丁搁浅了两年。女儿长大后，强哥重操旧业，只是隔了一些日子，他们开始发福，不再那么凹凸有致，强哥和爱妻都有了小肚腩，强哥的小肚腩更明显，小肚腩一凸，一个劈叉，就把妻子像绣球一样抛出去，现在"绣球"重了，抛不太动了。发福后的强哥穿上从前的紧身裤，渐渐的连裤缝里也填满了赘肉。

强哥对生活没什么不满意的，夫妻志同道合，女儿乖巧听话，唯一遗憾的就是女儿的名字里水太多，女儿名叫何雨潇，他很后悔当初取名字的时候放了那么多水进去，以至于晚上睡觉一次次水漫金山，强哥总是梦见自己成为抗洪抢险的英雄。

结束抗洪抢险的强哥一大早洗晒床单，白天的他于是一愣一愣的，总睡不醒，浑身乏力，又被成堆的钞票包围着，坐久了，身体里也能长出青苔来。他的那个"她"，被搁在了角落里，像是被打入冷宫的妃子，积攒起了灰尘。

柜台里的强哥不再拉丁，埋头数钞票，那模样看上去挺孤单的。

题外话：

强哥的故事是听说的，他是我从前在建行的同事，当我与他同在一家网点当柜员的时候，储蓄网点的业务量已经让强哥无法在上班时间拉丁了，久坐导致强哥的身材渐渐丰满了起来。但这并不妨碍同事间依然广为流传他与椅子共舞的故事，好多人都对那个画面难以忘怀，是他们的反复回忆，让我的脑海里重现了当年的情景，并将这个画面记录了下来。我想写作者的一大特点，就是他们擅长将画面用文字的形式表达，如同画家拿起画笔一样。

细心的读者还会发现，强哥的故事里没有"我"的出现，是的，我想试着去改变写作的惯性，让作者退场，不让"我"站出来说话，这是一种改变。

鼎公也叫范小楷

鼎公不请自来，来了便写字，一连写三天，笔墨纸砚啥都没带，只带他自己。第四天，我按捺不住了，让他练小楷，这样一天下来只需一张宣纸，写得密密麻麻，写得他头晕眼花。后来干脆连宣纸也省下，用报纸；再后来连墨也省了，蘸水写。我给他取名范小楷，建议他去梅郎山公园拿拖把练大字，带上他自己。

鼎公点头答应，却不挪步，一心期待王献之附体，又不肯下苦功临帖，他的书法之路走得有些与众不同。他找古董商人借了本旧书，是民国手抄的对联集，虽然书法看上去不怎么样，但对于鼎公来说绰绰有余。

"醉翁之意不在酒，在乎山水之间也"，鼎公临手抄本，常一个人偷着乐，心花怒放，满面春风。手抄本上有春联，也有婚联，临春联的时候，他指指这个指指那个，挑三拣四，好像自己很内行，很快春联那一页就翻过去了，但到了婚联怎么也翻不过去，鼎公像一只飞蛾想要扑火，沉浸在一片喜悦之中，呈花痴状，像刚出炉的新郎官。

好歹翻过了那一页，仍藕断丝连。

写累的时候，也嚼一粒口香糖。

虽然他平常看上去古今中外无所不能，一天到晚之乎者也，但口香糖的罐子却怎么也打不开。通常口香糖的罐子只要一上一下，就有一粒糖如鲤鱼跃龙门般蹦出，可是罐子在鼎公手中七上八下，上上下下，怎么也捣鼓不出一粒来。他涨红了脸，望糖兴叹，在众目睽睽中放弃口香糖，继续范小楷。

中国活着的作家里，鼎公只知道有莫言，"不知有汉，无论魏晋"，阎连科余华格非等等，他一个也不认识，孤陋寡闻。外国的作家，无论过去现在和将来，他只记得一个普希金，因为普希金是决斗而死的，他也想决斗。

除了范小楷，鼎公还有一个名字叫范九胃。

传说猫有九命，鼎公有九个胃。一日三餐，一餐三个地方，三三得九，就有了九胃。

鼎公吃饭，如乘公交车，一站接一站，比方说起点站是雪爪斋，刚扒拉下雪爪斋的雪菜春笋，下一站又去了来福记，鼎公望着来福记的红烧肉，开始望眼欲穿，抱怨雪爪斋的春笋真难吃，没有一丁点味道，嘴上说亏大了亏大了，一双眼睛透过玻璃镜片紧紧盯住红烧肉不放，他很有心机地称赞红烧肉一眼望去便味道极好，这样他的九个胃里又添了一份红烧肉。

吃完红烧肉，去往下一站溪南街金人面馆，鼎公是一撮典型的墙头草，当着金人的面又说来福记的肉真难吃，红烧永远没有白切的好，于是餐桌上的白切牛肉像雪花一样一片一片落入囊中。日复一日，餐复一餐，鼎公永远能给出吃下去的理由，公交车还有终点站，鼎公从不计较终点，如精卫填海，胃口越撑越大，相貌也越来越像一只貔貅。

鼎公的名字是怎么来的，没有人知道。但是鼎公身上有九个胃，大家都知道，那些食物在他的胃里熙熙攘攘，川流不息。

偌大的武义县城有两公，一是著《武义通史》的朱连法，人称武义太史公，其次就是鼎公。鼎公想名垂青史，于是自封为公，至于"鼎"，实乃九胃图，他渴望成为"公"，期待君子成德，功德圆满的那一天。虽然最初的理想是当一名君子，但现实却很残酷，一次次与自己背道而驰。《礼记》上说"君子曰终，小人曰死"，鼎公是那个成天把死挂在嘴上的人，动不动就说跳楼死死掉好了，死死掉好了，他说这句话的时候正端坐在一楼，跳楼也跳不死的地方。他又换句话说今天好歹还活着，明天不知道是不是死了。又说他有个至交，死后会帮他打理一切。这时就有人提醒他说你又没死过，怎么知道人家会不会帮你打理。再说你一没子嗣二没家产，有什么好打理的。

鼎公想想有道理，再也不提那位至交了，但死这件事照样天天挂在嘴上。

王献之附体的第四天，鼎公的人生开始大变样，出门散步都像天安门广场阅兵，那条腿伸出去，总要在空中停一两秒，胸脯也很鼓，走起路来一颠一颠，特别神气。他到处晃悠，走到哪都把自己当钦差大臣。双手别在背后，腆个大号的肚腩，油水很足，像中央纪委派出的巡视组，动不动就体恤民情。

据说当年鼎公师范毕业，铺盖行李都不带，带回家满满几口袋的书，书先到家，女朋友紧随其后。据说白鲞是他让人掏钱买的，最后由他提去送人做体面；他还以同样手段让人掏钱买鲜花，拿鲜花去泡妞。总之他劣迹斑斑又锈迹斑斑，不是一盏省油的灯，而故事里只写了他的一个偏旁。

从前鼎公腹有诗书气自华，后来他从人民教师沦为无业游民，从舞文弄墨到送人白鲞手留余香。

无论如何，溏心蛋还是随身携带之物，鼎公无论到哪里都怀揣两枚溏心蛋，见人就掏出蛋，像从前公园里的老人捏了两粒健身球跟人打招呼。

受普希金的影响，鼎公怀揣溏心蛋走天涯，可惜一直没有人与之决斗。从那以后，他又有了一个全新的名字叫普希鼎。

鼎公鼎公

小城故事多，鼎公算一个。

鼎公姓范，属蛇，传说是范仲淹的后代。他身高一米六十七，重一百六十七斤，身高体重天衣无缝，有中国传统建筑的对称美，线条柔和，圆润饱满，放到哪里都是一个不倒翁。

范仲淹的血脉如一条绵长的河流，源远流长，在子孙后代身上流淌了一千多年，到鼎公的时候已被稀释，流进了一片广袤无垠干涸的荒漠，大漠孤烟直，鼎公无忧无虑，没有"先天下之忧而忧，后天下之乐而乐"，没有天下，也就没有了忧，只剩下生命中的每一天，他把生命中的每一天都当成最后一天来享用，日子过得像块琥珀，通透，明亮。

按鼎公自己的说法，他身上流淌的血液其实更接近范进，据他自己说是范进的第八世孙。范进中举的时候，怀里抱了一只鸡，"噫，好！我中了"。鼎公是"噫，好！我吃了"，吃的就是那只鸡。鼎公好吃鸡，生命中的每一天都少不了鸡的润色。范进怀抱的鸡，鸡生蛋，蛋生鸡，传到鼎公手上，已有无数只鸡排队等着被下锅，像一群投案自首的案犯，这其中有公鸡，有母鸡，有肉鸡，有土鸡，还有鸡蛋，鼎公爱煮溏心蛋，见了凤凰蛋和溏心蛋就两眼发亮。

鼎公不吃醋鸡，不吃炖的鸡，要吃隔水蒸的鸡，他宠幸哪只鸡，那只排队等候的鸡就被他细火慢蒸，仿佛要花上一个世纪去蒸，一百年蒸下来，鸡也成仙，人也成仙，鸡犬升天，鸡跟人一样通透明亮。

鼎公蒸鸡的时候是李渔附体，他像李渔那样研究美食，身材逐渐膨胀，展示着近些年的研究成果，只是少了妻妾成群。鼎公对美食的理解特立独行，早餐白鲞配白粥，中餐隔水蒸鸡，晚餐偶尔也清空。清空后的鼎公厚积薄发，食量惊人，八九点钟开始宵夜，馄饨一碗，麦饼若干，每隔两小时吃一餐，如孕妇。

鼎公好吃白鲞，常跟人讲白鲞的好处，他说"白鲞"的时候音同"白想"。"白想"二字余音绕梁，令鼎公陷入一片痴心妄想，他深呼吸空气中流动着的咸鱼味，仿佛有若干条鱼从眼前游过。爱屋及乌，他也送人白鲞，60岁以上好友，一人一条。

日子过得通透了，对细节便会越来越讲究。清晨，逛遍县城所有的菜市场，寻找最新鲜的食材。星光菜场的笋欠佳，就去中南菜场，中南菜场没有满意的生蚝，就去下王宅菜场，直到满意为止。找不到理想的蔬菜，他就寻思着自己种。

鼎公早就想种菜了，李渔附体少不了拥有自家的菜园，但在偌大的菜园面前，鼎公无从下手。他师范毕业，没当过农民，要想成为范半农就得自力更生。鼎公在郊外寻好了一亩三分地，当他一筹莫展不知从何下手的时候，隔壁那亩地的大爷如天神般降临，他于是拜大爷为师。种菜拜师，整个县城找不出第二个。鼎公是虔诚的，拎了一壶六年陈酿李渡酒给隔壁那亩地的大爷。从此鼎公的手机里多了一个"种菜师傅"，"种菜师傅"的手机里多了一个"种菜徒弟"。徒弟的菜地紧挨着师傅的菜地，鼎公师傅长师傅短，把师傅叫得心花怒放，他们在菜地相遇，在电话里聊种菜的事，谈论天气，如谈一场恋爱。

鼎公憧憬着菜园里的姹紫嫣红开遍，他种下黄瓜、南瓜、冬瓜、丝瓜，无瓜不种，也种茄子、秋葵、辣椒、蕃薯、苦叶菜，无菜不欢。鼎公种菜，讲的是科学道理，种下一拨青豆，告知朋友圈七十天后上门采摘，鼎公讲究的是预产期，多一天少一天都不行。有一天种菜师傅不在，鼎公自作主张烧草木灰，离离原上草把田垄边的树给烧焦了，那棵烧焦的树后来成为鼎公菜园的一大标志。

种瓜得瓜，种豆得豆，偶尔菜苗也冻坏，不遗余力再种一拨。

乍暖还寒时，冻坏蔬菜，也冻坏了鼎公。凌晨四点起床，看书一小时，五点去菜地，鼻涕冻出来了还在耕耘，比全国劳模还积极。

耕耘完，骑一辆金光闪闪的电瓶车，呼啸来呼啸去，像是从哪个朝代钻出来的。骑电瓶车的鼎公，远看像只猫，近看大饼脸似一轮满月，皮肤白皙细嫩，如荷塘月色。

也有不合时宜，常讲些老百姓听不懂的话，不引经据典不之乎者也就不是鼎公。鼎公除了种菜，还好给人取名字，取一大筐蒙着灰尘的名字，什么敷万、缄甫、北麒，仿佛一群八九十岁的老头，那些风尘仆仆的名字跟他一样，都是从故纸堆里走出来的。他跟人初次见面，爱打听生肖属相，也问生日，生日那天他会送上鲜花，当然收到花的以女性居多。你若问他属什么，他说他属鹅，鸡鹅同类，也在排队等候烹饪的队伍中，白毛浮绿水，红掌拨清波，他见了鹅就欢喜，曲项向天歌。

种菜的时候，一边荷锄，一边之乎者也，不管蔬菜们听不听得懂，他种的黄瓜冬瓜南瓜丝瓜都听文言文长大，模样看上去都有些莫名其妙，跟"种菜师傅"有着天壤之别。鼎公看看自家的，又看看"种菜师傅"的，开始望洋兴叹，长得不够英俊潇洒的菜苗被他拔地而起再种一遍，让菜苗们向死而生，死一回，再活一回，生生不息。

除去种菜和蒸鸡，偶尔也被王献之附体，铺开宣纸，写斗大的"永结同心"，孤家寡人一个，不知要跟谁永结，又跟谁同心。说不定心中已有了永结同心的人，清晨煮一双溏心蛋，意味着心心相印。

鼎公一边剥溏心蛋，一边回忆语文课本：生命诚可贵，爱情价更高。若为自由故，两者皆可抛。

无论怎么抛，关于爱情，鼎公始终守口如瓶，他说不可以祸国殃民。好像全人类只有他是红颜祸水，谈恋爱事关世界和平。

鼎公对菜园的理解，是魏晋式的，对自由的理解，对爱情的理解，都是魏晋的，活出包浆，活得通透，向死而生。如果哪天你家门前挂了几根黄瓜丝瓜或一条白鲞，没有留下芳名，就是他干的。

木脚

从前，武义建行有五个名字带木的：木罗、木辉、木渊、木炫，还有木脚。木罗姓罗；木辉和木炫姓林，他们是林辉和林炫；木渊姓李，名字里有个渊；只有木脚姓任，木脚的名字里没有"脚"。

不知是何年何月，他们中哪个得道成仙忽然就姓了"木"，后来名字越叫越响亮，队伍也越来越庞大，成了一个系列。"木"，一横，一竖，一撇，一捺，就把毫不相干的五个人串在了一起，于是建行宗谱里有了一个新的序列——木字辈。

方言里的"木"，有木讷、愚钝、蠢笨等多重含义，他们既不木讷，也不愚钝，更不蠢笨，看上去都不"木"。

至于木脚，为什么会跟"脚"有关？大概是因为他好抖，抖是从脚开始的。如果你走路，木脚刚好就在你前方，你的心跳就会怦怦加速，甚至能感受到前面那颗心脏跳动的声音，那声音像枚印章敲在你的脑袋深处，此时你的心电图也会特别的此起彼伏。如果你在电梯和他相遇，虽然看上去双方都是静止的，但是电梯像一面镜子，仔细看木脚还是在不由自主地抖，是由内而外的悄然运行的节奏，他的呼吸也不那么顺畅，呼哧呼哧在喘气。

木脚走起路来是小抖，说话是中抖，一激动就是大抖，浑身颤抖。木脚说话的时候，手抖，身子抖，连黑框眼镜也一块抖。他自己也讨厌浑身散发出来的那种颤动，就从兜里伸出两个手指头，想要证明一下自己。两个手指头指向的是前方，但是失去了平衡，方向模糊起来，这下子他更生气了。

地球是圆的，木脚站在这个大圆球上，看上去是那么的不稳当，让人很想扶他一把。由于身子抖，发出来的声音当然也是魂兮魄兮，当当抖兮。

不知道是甲亢还是天赋异禀，总之很容易引发误会。

误会木脚的人不少，加上他的声音洪亮，又不擅长为自己辩护。人们多以为他是在挑衅，想吵架，这让木脚跳进黄河也洗不清。无论是真激动还是假激动，我们首先应该观察一个人的青筋是否毕露。一个想吵架的人青筋总是会毕露的，木脚又不能拨出自己的青筋给人家看，所以就被误会了。

2003年，木脚在城南储蓄所上班，有一天，他跟客户吵了起来。他们隔着防弹玻璃，木脚讲话的语速较快，像一挺机关枪，对方也不甘示弱，两挺机关枪就这样隔着防弹玻璃吵了起来。可是隔着防弹玻璃让双方都感觉不过瘾，防弹玻璃比一般玻璃要厚，降低了音量，他们听不清对方到底在讲啥，外面的不知道自己被里面的骂成了什么狗东西，他只看见里面的气呼呼的样子，于是外面的就信手找来几个词还给里面的。里面的大概是听见了若干关键词，为了显示自己身手不凡，果断冲出了防弹玻璃，勇敢地将肩膀一扛，两个肩膀就成了一道斜坡，一边是山顶，一边是山脚。木脚的身高并不占优势，矮了对方一截，只能以此来证明他的确骁勇善战。

就像宫廷剧里的斗鸡，他们看上去就要打起来了。木脚是一只勇敢的小公鸡，雄赳赳气昂昂紧握拳头随时就要揍过去，当然他也不忘保护小公鸡的眼睛。他摆好了姿势，又立刻改变了主意，收回伟岸的肩膀，将眼镜摘下，搁在身旁的小茶几上，迅速归位，重新将肩膀扛了起来，这下子山峰更陡峭了。

他的肩膀当然也是在抖的，那不是害怕，是有韵律的，是拳击运动员的暖场，他在磨拳擦掌。

木脚的举动吓坏了柜台里面的两位女士，其中一位有孕在身，另一位虽然没怀孕，但也上有老下有小。她们不知道是该打110好，还是冲出防弹玻璃拉回木脚好。要是真打起来，木脚说不定会吃亏，虽然木脚的眼镜是摘下了，但是五官裸露在外，眼睛鼻子耳朵嘴巴仍有受伤的可能。要是拉他一把，说不定自己的眼睛鼻子耳朵嘴巴也有受伤的可能，再说被他顺势推倒在地也不一定。木脚看上去像一头发怒的狮子，激动起来他会敌我不分。

所以，里面的两位女士还是决定按兵不动，静观时局发展。

木脚的肩膀尺寸虽不大，一旦挑起来也是一座高楼，他不停地抖啊抖，像筛糠一样，那是为高楼添砖加瓦。面对强劲的敌人，他丝毫没有胆怯，是一只骁勇的猫遇见了对手，自然而然就竖起了尾巴，那是示威，是本能。来啊，有种你来啊，话没说出口，但就是这个意思。僵持几分钟后，对方拍拍袖子，败下阵来，走了。

木脚不战而胜。他戴上黑框眼镜，重新回到防弹玻璃的柜台里面，一切风平浪静，好像什么都没有发生。但在两位女士眼里，木脚已成了民族英雄。

木脚的脸于是更方正了。方方正正的黑框眼镜，有棱有角的平头，平头就是将所有的刘海都怒发冲冠，木脚的额头一片光明。胜利归来的他咧嘴一笑，像动画片里的机器猫。

不了解木脚的人都以为他好斗，爱斤斤计较。

有一年单位工会活动，是去白革村看两株古老的枫树。没有私家车的年代里，工会活动统一坐单位的运钞车。灰色金杯面包车，像一块巨大的灰色面包，穿行在白革村的山路上。

运钞车的大部分空间是腾出来放钱箱的，座位不多，有些人得坐小板凳。

看完枫树，上车的时候才发现有些男生早已端坐车中。他们为了改变坐小板凳的命运，只匆匆看了一眼枫树就折回面包车上。他们，是部分已婚和未婚男性，一排人坐在车上如捆扎整齐的粽子，一个个目光看向窗外，坐怀不乱。阳光扫过，"粽子"身上居然还有了一轮神奇的光晕。

木脚没有在"粽子"之列，他瞧不起这样的行为，尽管他走起路来裤腿里像拢了风，尽管他不太热衷欣赏自然风光，但绝不允许自己沦落到跟女生抢座位的地步。

看枫树是秋天，秋天过后是冬天。那年冬天，全单位员工聚餐，领导请大家吃自助火锅。每人面前摆了一个小火锅，所有的食物都在自助台上。由于人多，只要服务员出现在自助台，还没来得及摆盘，男女老少就一轰而上，先抢了再说。

服务员每上一道菜就像钱塘江的涨潮，人群像潮水一般向自助台涌去。唯独木脚没有，他像一个局外人，看见一波又一波的涨潮，他很难受，双手交叉胸前，无比生气，那天的颤抖比以往任何时候都要闷闷不乐。

自助火锅没多久就关门了。

都说男抖穷，女抖贱。木脚也没穷到哪里去，小日子过得还可以。木脚的妻子是著名的宣平谢家馄饨传人。儿子毛毛，每年春天都要出门寻找蝌蚪。毛毛是个小胖墩，屁股圆鼓鼓的，他骑自行车去找蝌蚪，自行车的坐垫太小了，毛毛的裤子赶不上发育的脚步，于是屁股那段撑裂开来，毛毛泰然自若，一笑了之，欢快地继续踩着自行车寻找亲爱的小蝌蚪。

自行车后座绑了一个小网兜，毛毛要去公园布下天罗地网，让小蝌蚪找不着妈妈。他趴在公园的小池塘里，扑闪着清澈的大眼睛，浑圆的屁股顶着蓝天，水面上能听得见他均匀的呼吸，恍若平静湖面上一层又一层的微波在荡漾。毛毛将亲爱的小蝌蚪装进玻璃瓶里，带回了家，小蝌蚪不用找妈妈，他就是小蝌蚪的妈妈。

毛毛出门久了，木脚就要四处寻找他们家裤子裂开了缝的小蝌蚪。

毛毛没有继承木脚爱抖的传统，池塘里的小蝌蚪，一个都没落下。

阿诸哥

阿诸哥是我见过活得最超脱的人。

从前与他同在武义建行紫金分理处上班的时候，只要得空，他就如入定的僧人，一动不动；僧人静坐久了，便像一尊佛，是寺庙里的坐佛，四平八稳，中正平和，连呼吸都要暂停的样子。当你怀疑他是否还有呼吸时，他便抬头，发出几声语气词，表明是个活物。

这尊坐佛，便是武义建行著名的"行树"。

某日，在柜台数钱的间隙，扯到了选美的话题。说到选美，每个人都眼放绿光，加入评委的行列，选出心目中的美女来。但建行美女如云，标准不一，一下子分不出伯仲。阿诸哥这时自告奋勇，说自己好歹也是棵"行树"，让我们选他为"行树"。

这个崭新的说法让人耳目一新，于是集体瞄了阿诸哥一眼，从此他就成了默认的"行树"。

自从封为"行树"，阿诸哥开始玉树临风，走起路来也有了一点点雄赳赳气昂昂。从前他的整体风格稍显拘谨，有一种年轻男子少有的矜持。走路多用小碎步，头爱往前探，进屋的时候他是头先进去的，身子随后，像个守门员。

阿诸哥长相还算过得去，在单身的年代里，他的饮食控制很好，身材控制也很好，个子高高大大，不瘦也不胖，身上和脸上都没有赘肉，五官端端正正，脸上也没有疙疙瘩瘩，白白净净，一马平川，头发整整齐齐，不油腻。阿诸哥的发型很传统，是普普通通小男孩的那种，民间叫作西洋发。说是西洋发，其实是最传统最保守的发型：额前一排小刘海，如一小盘梅干菜扣肉，挡住那原本睿智的前额。阿诸哥低调深沉内敛，他把额头的"梅干菜"往右边一撩，斜着撇过去，这样看上去就更帅气了，也因此有了一点棱角。

他的胡子也剃得很干净，白衬衫洗得比天上的云朵还要白，这都是母亲的功劳。除了满脸稚气让他看上去不太像成熟男人该有的样子，其余均配得上"行树"的称号。

建行阴盛阳衰，青年才俊不多，他在一堆男同志里就有点鹤立鸡群。

阿诸哥人缘好，从来没有人在背后讲他坏话，他也不讲人家的坏话。人人都说他是好人，敦厚，老实，本分，不抽烟，不喝酒，虽然不那么出类拔萃，但现如今这样的男人是提着灯笼也难找了。在爱情方面，阿诸哥从来没有遇上过情敌。无论身处何时何地，他都能把日子过得无忧无虑。

阿诸哥的婚事就是顺其自然的结果。

说到恋爱，还是蹭了工作上的便利。阿诸哥曾每天下午去火车站售票大厅收钱，这叫上门收款。他的媳妇就是上门收款收来的。

他穿防弹衣戴头盔搭运钞车到火车站的时候，像联合国的维和部队，飒爽英姿。"维和部队"除了他都是已婚男人，阿诸哥占了很大便宜。他下车，收钱，满载而归。渐渐地运钞车里不但装着上门收的钱，还收获了爱情。他认识了火车站一群年轻的姑娘，其中最漂亮最能干的那位后来就成了他的媳妇。一开始他们只是说说笑笑，渐渐有了来往，后来就永结秦晋之好了。说来也怪，自从阿诸哥谈妥了女朋友，订下婚事，上级部门就明文禁止上门收款了。

大家都说阿诸哥的婚事，是老天爷暗中帮忙的结果。

阿诸哥从来不讲人家一句坏话，除了他的表哥。他对表哥略有微辞，也只是对表哥的恋爱方式有点不理解，因为表哥在女朋友的问题上挑三拣四，就像天下大势，合久必分，分久必合，女朋友换了一个又一个。阿诸哥跟表哥是相反的物种，他从来都不挑食，也很少谈恋爱。阿诸哥对待恋爱跟对食物的喜好是一样的，他不挑剔，阿诸哥此生大概就谈过一次恋爱，便成交了，手牵手走上了红毯，成功率百分百。

而表哥却屡战屡败，屡败屡战，一直在爱情道路上修行着。

阿诸哥热爱美食，尤其喜爱珍珠奶茶。阿诸哥对珍珠奶茶的感情很深，就像是唐玄宗对杨贵妃的感情，集万千宠爱于奶茶一身。自从珍珠奶茶落户武义，阿诸哥每天都要喝一杯，从那以后他忘了白开水是什么味道。那时候武义街头还没有固定的奶茶店，只有手推车的流动奶茶。阿诸哥吃遍了县城所有的手推车，最后总结出常在滨江广场的"胖阿姨"最为正宗。他是"胖阿姨"的大客户，也是忠实粉丝。可以很不过分地说，"胖阿姨"的手推车至少有三个轮子是阿诸哥的，也可能整个手推车都是他的。有阵子城管查得严，胖阿姨在滨江广场无法立足，就要四处"流浪"，阿诸哥于是骑着摩托车跑遍县城大街小巷找到"流浪"的胖阿姨。他终于感动了胖阿姨，胖阿姨给了他贵宾的待遇：双倍的椰果。

据阿诸哥透露，这个待遇全县人民只有他一人独有，是胖阿姨告诉他的。说到这一点，阿诸哥比谈了女朋友还得意。

有了贵宾待遇，阿诸哥对"胖阿姨"就更欲罢不能了。为享受特殊待遇，他买奶茶的时候，就要人手一份，给我们一人一杯，光喝奶茶每天就得掏一大笔钱；不但如此，休息天也要专门给我们送上双倍椰果的奶茶。"胖阿姨"奶茶其实就是糖水、色素和香精的组合，阿诸哥最爱抹茶味，"胖阿姨"的抹茶是拿抹茶粉调出来的，撒一点绿粉在塑料杯里，捣啊捣，晃啊晃，摇啊摇，春天嫩嫩的青草就在杯子里荡漾开来。在阿诸哥眼里是嫩嫩的青草，在我眼里则是绿粉笔化开来的粉笔水，绿得长毛。

阿诸哥不上班的时候，也要给我们送上奶茶，是他钟情的抹茶，他说抹茶是"胖阿姨"所有品种里最值得一喝的。眼前这杯粉笔水，不用喝，光看一眼也能让我的胃泛酸。我跟阿诸哥解释喝不下它的理由。这让我觉得有点难为情，辜负了人家一片心意。

可是阿诸哥根本就不计较这些。他说你不喝我来喝，好像他早已料到似的，于是咕噜咕噜喝下了两大杯粉笔水。我一直怀疑阿诸哥的肠子跟平常人的不一样，颜色一定很特别。

阿诸哥是天底下最不会计较的人。当柜员就会遇上一些特殊的业务，比如小额账户管理费，不该收的收了，要退还给客户。这时候就需要手工调账，要运用借和贷，还有会计分录等等。阿诸哥嫌这些手续太麻烦，遇上退钱的事，他都自掏腰包解决，干脆又省事。一天下来又是一大笔钱。主任木渊曾强烈反对和阻止阿诸哥自掏腰包的行为，阿诸哥的理由很充分，说调来调去，万一调错了还得扣工资，不如自己掏钱好了。这一点很令人敬佩。在他身上，始终有一种视金钱如粪土的精神，所以阿诸哥的口袋里从来都不缺零钱，走起路来叮当作响，就是为了应付这些。当然，主任木渊如果在，他就偷偷塞钱给客户，不让主任发现。

他那点临时工的几百块工资，除去珍珠奶茶和小额账户管理费，所剩无几。

他当临时工N年，从来都不计较什么时候能转正式工。当大家都风起云涌争取转正名额的时候，他照样把日子过得很空灵，一切顺其自然。很多人都关心过他转正这件事，建议他考点证书，或参加比赛，为转正打下基础。他却胸有成竹，一副与世无争的样子，反倒劝起人家来。他说转正是迟早的事情，早晚大家都会转的。所以他从来就不去争取什么，也不去比赛不去夺冠，为自己添砖加瓦，再说他也不可能夺冠。在转正这件事上，阿诸哥的守株待兔还是很有眼光的，果然若干年后全行临时工都转了正，阿诸哥虽说是最后一批，但不费吹灰之力。

当柜员就得面临一年一度的技能考试，考点钞、打字和算盘。阿诸哥每到打字就要跟我联系。后来我们不在一家网点共事，他就一年打我一次电话，让我帮他打字。他先是亲自上阵打一两分钟，等领导去巡视另一个考场了，就狸猫换太子，快结束的时候又太子换狸猫，让领导看见他亲自在打。

就这样，阿诸哥每逢考试都妥妥的过关。行长在提到打字的时候，曾以阿诸哥为例，建议柜员上网多聊天，有助提高打字速度。

阿诸哥憨厚，本分，也有点木讷。他并非没有理想，只是理想不那么崇高和伟大。

他的理想是当一名保安。在柜台数钱的间隙，他常抬头，用那双不十分明亮的眼睛盯住大厅里的保安，像把尺子在保安身上细细打量。他说如果可以选择，他就选当保安，钱少一点没关系，没有正式工的待遇也没关系，他喜欢保安的工作，一天到晚站着，不用思考，不用动脑。这让我想起了海伦·凯勒的《假如给我三天光明》，阿诸哥想要"假如给我三天保安"。阿诸哥的身材适合站姿挺拔的工作，他曾跟我提起，除了保安，其次就是酒店门童。

理想始终在保安与门童之间徘徊的阿诸哥，在爸爸的督促下报考了大专文凭。爸爸是他的坚强后盾，但文凭这件事只跟爸爸发生关系，因为是爸爸出的主意。大专的班主任电话打来，问阿诸哥论文标题定了没有。阿诸哥毫不犹豫：找我爸。次月，班主任又电话打来，问论文写好了没有，阿诸哥仍毫不犹豫：找我爸。后来连爸爸也忍无可忍了，把皮球坚决踢了回来。班主任来电渐多，他就让我接电话,告诉班主任他不上班。接电话的时候,我有点心虚,聪明的班主任在电话那头似乎听出了苗头,追问到底上不上班。我很不自信地答曰:不上。马上挂了电话。还好不是面对面。从那以后,班主任再也不给他打电话,大概是彻底放弃了。

阿诸哥的爸爸除了负责阿诸哥的文凭,还要负责阿诸哥的另一件事——报案。

阿诸哥痴迷游戏"传奇"多年,可惜这个话题在上班的时候找不到共同语言。他说起"传奇"就手之舞之,足之蹈之。听他的口气,他是全武义数一数二的"传奇"高手,曾代表武义参加全省的"传奇年度大会",是全县唯一的代表,比全国人大代表还光荣。

那年冬天,阿诸哥去杭州参加年度大会的时候,是坐绿皮火车去的,那时还没有高铁,武义火车站又是小站,鲜有坐票,是他女朋友开的后门买了张坐票。火车慢悠悠,一早阿诸哥就出发了,在绿皮车厢里晃荡几小时去省城吃了顿免费的晚餐,第二天凌晨赶回上班。后来他的游戏装备在网上被盗,他立刻报案,兵分两路,报案这件事由他爸负责与当地公安部门联系,阿诸哥与传奇公司联系。后来还是不了了之,阿诸哥的价值3000元的装备索赔无门。这件事导致他对珍珠奶茶一度失去了兴趣。

阿诸哥活得很超脱,从来不管主任木渊下达的任务,钱要扣就扣吧,他从来不曾把"金钱"二字略萦心上。后来他一人拖了网点的后腿,主任木渊忍不住向阿诸哥的未婚妻反映。未婚妻非常吃惊,从来没听阿诸哥回家提起过"任务"二字。于是次月火车站全体员工一人一张信用卡,阿诸哥成了全行信用卡营销冠军。

后来主任木渊就不向他下达任务了,有任务都告诉他的未婚妻。聪明能干的未婚妻总是能圆满完成各项任务。就这样，阿诸哥成了全行学习的榜样。

阿诸哥宁静致远，日子过得很淡泊。无论什么事都有人帮他张罗，他有无数坚强的后盾，不用亲自操心。结婚那天，新郎要在台上发言，发言稿早就有人帮他拟好了。结婚这件事，阿诸哥也不用操心，他只需要背演讲稿。阿诸哥背得滚瓜烂熟，结婚前的那些日子，我们是听他的演讲稿上班的。

结婚那天，阿诸哥信心满满，但在关键时刻，他掉链子了。站在台上的阿诸哥玉树临风，一言不发，稿子也忘了带身上，于是一个从头到脚焕然一新的阿诸哥尴尬无奈地站在台上，他那么善良，那么孤独，那么无助，面对底下一片黑压压前来贺喜的亲朋好友，像一株刚从地里收割的白菜，两手垂直于地面，木讷地寻找着西裤的中缝。

多少年过去了，转眼阿诸哥的女儿即将上中学，我们却依然能在多年以后继续沉浸在他新婚的喜悦中，想起他当新郎的模样，总是能让我们笑趴在桌子上直不起腰来。

虽然喝过无数的喜酒，见过无数的新人，见证了新人们手挽着手走上一座座人间的鹊桥，却只记住了阿诸哥新郎的模样，好像一切只是发生在昨天。

木渊

1995年1月，我去建行上班，认识了木渊。

木渊不姓木，姓李，名字比唐高祖李渊多了一个字。不知从什么时候开始武义建行有了木罗、木辉、木脚的说法，于是他就成了木渊。

要论个子，木渊很容易就淹没于茫茫人海。要论局部，他发达的脑门，一眼就能让你从千千万万人中找到他，这一点要归功于他的头发。木渊的头发不知道是天然卷还是精心熨烫的结果，蓬松无比，无形中脑门就更大了，像一轮满月，个头也因此占了便宜。他戴一副金丝变色眼镜，镜片随着光线有深入浅出的变化，但无论如何深入浅出你依然能透过镜片发现他的眼球似金鱼般凸出，加上他表情严肃，目光如炬，像一只立在枝头一动不动的猫头鹰。

那年冬天，他几乎每天都穿一件咖啡色皮风衣，大概是那件衣服太贵了，为提高利用率，必须天天穿才能回本。皮衣的领子上绕了一圈长长的毛，不知道是狐狸毛还是什么毛，反正是从动物世界里出来的。可能是狐狸毛吧，因为木渊看上去有那么一点滑头。如果天气稍暖，木渊就卸下皮衣，穿一件好来西的灯芯绒豆绿西服。那件灯芯绒当年十分流行，差点就全县人民人均一件，穿一件那样的衣服走在大街上，走到哪都分不清彼此。开会的时候，坐在主席台上，放眼望去，一片绿泱泱。

1995年1月，我到建行上班，第一天晚上就是全行员工大会。那天的气氛很紧张，网点投标，员工竞聘，整个晚上搞得跟拍卖会似的。木渊以全年新增300万存款的标的投下了最困难的一家网点——春光储蓄所，他当上了春光储蓄所的主任。投完网点接着就是投人。这时候就更乱了，像闹哄哄的菜市场，要来要去，推来抢去，有的成了抢手货，有的遭遇冷落，为避免尴尬有的已提前暗度陈仓。

而我无人问津。

与我同时去建行的两名女生，由于相貌在我之上早已被网点认领了去。这一点很好理解，对于陌生人，人们更容易通过相貌来判断其优劣，品相较差当然就被剩下。

此时木渊的储蓄所正缺一人，他别无选择，二话没说就把我领了去。就这样我开始了与"二木一陈"相处的储蓄所生涯。木辉是我的师傅，木渊是我的主任，另一位陈兄，对待工作有点敷衍，他的理想是开一家装修公司。没多久，陈兄租下了两间临街店面，店里摆了粗细不一花样繁多的罗马柱，有点回到古罗马的意思，他还请大家去花园殿巷的红牡丹酒店吃了一顿大餐。公司开业后，陈老板需要印名片，就把春光储蓄所的电话号码"7662941"印在了名片上，随着公司业务不断发展，我成了他的秘书。

每天都有无数人打电话找陈老板，要装修的，供应原材料的，油漆工、木工、水电工，还有公司唯一的员工——他的亲姐姐，每天一大早他们就排着队打电话找陈老板。公司开业后，为了让自己的生活实现高效快捷，陈老板从家里搬来了一张钢丝床，晚上就睡在储蓄所。虽然他以所为家，但是白天很少能见到他。只要储蓄所的电话响起，几乎都是找陈老板的。接电话的时候我说陈老板不上班，对方就让我转告陈老板，我说你们自己找他去，他们就说你这秘书服务态度真差。

陈老板终于出现了，他的出现伴随着腰上的BB机不停地闪烁。他坐下，来不及喝口水就开始回电话，电话那头有很多的装修方案需要确认，有无数的罗马柱等着他。所以春光储蓄所的电话总是特别忙，有一回办公室主任打不进电话，只能亲自跑到春光储蓄所通知我们晚上要开会。

如果不是被行长发现了踪迹，陈老板也许能在储蓄所一直睡下去。有一天早上，行长微服私访，此时陈老板仍沉浸在梦乡中，行长拿走了他的钢丝床和被子，惊醒了他的好梦。

陈老板的钢丝床被拿走后，白天在所里的时间更少了。我和木辉挑起了柜台的重任，木渊则挑起了存款的重任。他每天风尘仆仆，满世界跑，偶尔也带女朋友进来闲坐。他们都喜欢把女朋友带进储蓄所，那些女朋友一个比一个漂亮，这成了春光储蓄所的一道风景。好多人都把他们的女朋友误认为新员工。有一回有位客户就用惊讶的表情盯住其中一位女朋友，因为他前几分钟刚刚从她的店里买了东西。

对于木渊来说，春光储蓄所好比他的人生驿站。需要休息的时候他就会回到温暖的春光储蓄所的怀抱，实现诗意的栖居。他从滚滚红尘中来，坐下，沉静片刻，然后开始陶醉。他是有初心的人，他只要立一立领子，亮一亮嗓，就能恢复最初的爱好：播音。据说他曾报考电视台的播音员，可惜没有录取。

他随便拿起一份报纸，挑选其中一段，有时是新闻，有时是美文，念给我们听。平舌翘舌，前鼻音后鼻音，一清二楚，我和木辉是他唯二的忠实听众。能在上班时接受这样的熏陶，是一件幸福的事。我甚至觉得他比本地电视台的播音员更地道，他的声音浑厚低沉，铿锵有力，字正腔圆，有余味，唱《北国之春》和《三套车》都很好听。只是听众当久了，就不太敢在木渊面前说话，因为我和木辉的普通话都不标准，这件事不能怪我们，只能怪我们的小学老师。我们上小学的时候，老师都不教拼音只让我们认字，那时候的老师没几个会拼音的。但是在木渊播音的时候，只要我们开口说话，木渊就要用鄙视的眼神瞪我们一下，哪怕是用方言交流，他也要嫌弃。

这件事导致了我和木辉很不自信，在木渊面前发出正常的声音成了不正常的行为。由于木渊的诗意栖居，我和木辉的语言功能在退化，我们开始沉默是金。只有等他走了以后，需要一些时间的酝酿才能打破沉寂。而这种刻意的为恢复语言功能的交流也会显得木讷，因为我们还继续笼罩在他的余音绕梁里。

要说木渊与专业播音员的区别，可能在于他播音的时候总是伴随着浑身的颤抖，这大概是他当年未被电视台录取的原因之一。或者是他太入境了，把储蓄所当成了演播室。他紧张，紧张带来颤抖，这种抖动通过桌子传递给了我们，两个听众也随之抖，大家一起抖，这让他有点不太好意思，于是他轻咳一声示意休息。

即使是在休息的片刻木渊也不让自己闲着，他拿右手的拇指和食指捏鼻子，狮子鼻就是这样被捏大的。他不但脑门大，鼻子大，鼻子上的毛孔也粗大，油脂分泌旺盛，只要轻轻一挤压就能挤出深藏不露的油脂来，像是挤出一条条白乎乎油腻腻的毛虫，本来"毛虫"待在毛孔深处并不为人所知，他像挖到金矿一样很有成就感，满心欢喜。挤出"毛虫"后，他的鼻头看上去坑坑洼洼的，像一只苍老的草莓，如果雨水浇灌及时想必能冒出一些微生物来。他瞧着手上那一小片白腻腻的"毛虫"，有点孤芳自赏。

他不知道，是他破坏了自己崇高的播音员形象。

木渊从小就当班长，天生具备管理能力，也具备管理声音和管理存款的能力。到了月底，眼看存款任务无法完成，木渊就想尽一切办法，咬紧牙关，跑遍四面八方，把各行各业有钱的客户都拉拢进来，他们来的时候，只要掏出一把钱，就知道是干什么的。带鱼专业户的钞票上永远沾着带鱼的银粉和腥味，百元钞票里还夹过细长的带鱼尾巴；卖煤球的，连人带钱都一样黑乎乎，一边数钱一边掉煤灰，数完了，我和木辉的脸也奥巴马了；如果遇上卖酱菜的，那一整天都是香喷喷的，闻久了，你能分辨出哪把钞票上撒过胡椒粉或五香粉。除了拉拢城里的客户，木渊也跑乡下，农村包围城市，他把农村的钱拉到城里来。他骑一辆本田摩托车下乡，把钞票装进尿素袋里，两腿紧紧夹住，不让钞票跑出去一张。他风尘仆仆，满载而归，头发林立，像一头远征归来的狮子。

　　每当木渊远征归来的时候，我们的奖金就有着落了。我和木辉开始面露喜色，戴上袖套，开动点钞机，准备干活。这时候的木渊在我们眼里更像一尊菩萨，跟庙里供奉的菩萨不一样，他会开口讲话，讲一口流利的普通话。

木辉

木辉，是长得极像螳螂之人。

他手长脚长，头颅细小爱往前探，眼大如铜铃，骨轻似燕，远看像一道电线杆。他如果展眉笑，倒像是在哭，那张苦瓜脸让人分不清是哭还是笑，他的额头一年四季都是苦大仇深横躺着的"川"字，像是从莎士比亚的悲剧中走出来的。

他骑一辆黑色的随处可见的自行车，28吋上海产永久牌，从侧面看似一枚大虾在街上逡巡。木辉骑车低调，从不炫耀车技，有点像老年人上马路，不急不缓，云中漫步。他的罗圈腿在骑车时像扇面一样打开，走路也是，双膝永远不能重逢。如果头戴一顶鸭舌帽，那就更像电影里送情报的特务了。

高中毕业那年夏天，我拿我妈的存折去取钱，柜台里坐着的就是木辉。那是我头一回去银行，木辉像审视犯人一样朝我瞪了两眼，把存折和钱很潇洒地丢给了我。从此我就记住了那张特务脸。

木辉跟我有缘，刚去建行上班的时候，我就认出他是当年的"特务"。但现在他是我的师傅，春光储蓄所加上我一共四个人，四分之一的主任，一天到晚在外面拉存款；另四分之一忙于搞副业，开装修公司；只有木辉是闲人，他成了我名正言顺的师傅。

木辉虽面相凶悍，却有一副软弱无比的菩萨心肠，是典型的外刚内柔。

他教我打算盘，教我点钞，还教我如何算利息，教得很有耐心，教着教着连他自己也迷糊了。其实我早已会打算盘，五个手指头远比他灵活。数钱这件事没过几天也把他给超过了，我学过几天琵琶，轻拢慢捻抹复挑，琵琶的指法在数钱上很是得心应手。短短几个月后，我成了他的师傅，这是他自己说的。在全面超越了木辉之后，我还代表建行去县里参加比赛，成绩名列前茅，木辉的苦瓜脸因此有了小小的得意。

木辉属于发育迟缓型，对数字不敏感，算利息的时候就更苦大仇深了，点钞也如蜗牛一般，而这些平常都是要考试的，一季度或半年考一次。至于利息，确实复杂，比小学生的应用题还累，每一道都是奥数题，除了加减乘除，还有算头不算尾，超出定期部分算活期等等。利息的算法是一段一段的，遇上央行调整利息还要分段计算，那年头央行三天两头调利息，这为老应出题提供了便利。

管我们的科长叫应彩莲，人称老应，是主考官。她的主要工作就是出奥数题，然后戴上老花镜巡查所有储蓄所的账簿。她只要一戴上老花镜，思路就很清晰，就能编出好多有境界的奥数题。在她的题库里，从来就没有一步登天，她一定很喜欢《山路十八弯》这首歌，每道题都被设计成"这里的山路十八弯"。

木辉对老应的奥数题深恶而痛绝之，每当接过老应精心设计的奥数题时，他就以蜗牛的速度拨打算盘，同时以疾风骤雨的速度开始骂人。他把老应的奥数题总结为"狗粪段"，一段又一段，似狗拉粪，断断续续，没完没了。生活中的狗粪如一串省略号，而老应的题库是无穷无尽的省略号，每道题的难度系数都在3.0以上，把每个人都算得晕头转向，一场考试下来，常有零分出现，考试时间到了，一道题还没解完呢。

难倒一大片，说明考官有水平。木辉上学时就害怕考试，遇上老应就如生肖不和。木辉属狗，老应不知道属啥。

老应退休的时候，所有网点的人都跑去热烈欢送，把老应感动得热泪盈眶。

那一年的县城，还发生过一件让人震惊的事。

春光储蓄所附近有一家快餐店，快餐店老板是某企业的下岗工人。下岗后，他以快餐店谋生。那是个老实人，寡言少语，店里的生意一直不好，尽管他每天煮的都是东北大米，特别香，我和木辉常去吃他的东北大米，但是东北大米的生意远远落后于隔壁另一家快餐店，就靠我和木辉两个人撑不起他的生意。

终于有一天，东北大米关上店门，穿过解放街和武阳路，来到了建行大楼，那栋办公楼有十五层，是全县海拔最高的建筑。他一步一个脚印登上了第十五层，那是他最后一次登高望远，他打开窗，看了脚下的土地一眼，口袋里早已准备好了遗书，然后他把自己当一袋东北大米抛了出去。

尽管对他草草结束生命的行为感到无比惋惜，但我们还得继续笼罩在他的阴影里。春光储蓄所有夜市，晚上八点下班后，我们要轮换着跟随运钞车把钱箱运到建行大楼。进出大楼的时候，就必须踩在东北大米曾经坠落的地面上。那个血印子还在，是一个弯曲的、变形的、烙在地上的男人的身影，也是一个屈辱的、怨恨的、不甘的身影。据说他将自己抛下后，很多人都跑过去看，那种动人的描述让人胆战心惊。从那以后，他身上反而有了一种坚强的韧性，那种根深蒂固的存在，即使南方漫长的雨季也无法冲刷干净。

我们每天晚上都要踩着他的影子进进出出，这让年轻的我忐忑不安。木辉在关键时候果断包揽了运送钱箱的任务。

运钞车来了，木辉将28吋永久牌自行车连同钱箱一同塞进车里。存妥箱子后，他卸下自行车，趁着夜色回家。一路上，罗圈腿的速度明显加快，像是踩着两道风火轮。

木罗

木罗，姓罗，名阳飞，王宅镇里大坑村人。木罗的眉宇间有颗很大的黑痣，如画龙后的点睛之笔，他的整张脸就因为黑痣的存在不对称起来。

我在建行上班时，曾与他同在开发区分理处。他是全县金融系统打羽毛球的高手，曾不厌其烦教我打球，后来因为身体某部位像花骨朵一样绽放出了一粒血管瘤，从此他忧心忡忡，担心自己英年早逝，停止了打球生涯，也停止了我的学球生涯。他说只要一打球，血液就会挤压全身，有重重压迫感，似有无数座大山。其实他只是把运动后的劳累放大并且归究到了无辜的血管瘤上去。那时他的瘤还很小，还没有绽放到影响生活的地步。

可木罗是个操心主义者，他在工作之余开始研究血管瘤，研究山东某医院的伽马刀技术，为此在上班期间打了不少电话，上网查询伽马刀的成功率，与院方联系，像个民间的赤脚医生对自己的病症进行初步诊断。最后，他决定开刀。那家医院估计也是看重这笔电话里的买卖，在电话那头一口答应可以切除他的瘤。这让人有点怀疑伽马刀是否真诚。

不管对方是否真诚，开刀这件事木罗早就安排好了，他开始做准备工作，起草遗书。他是我身边最早写遗书的人，那年他还没到40岁。我们几位同事在旁边劝他，木罗，想开点，你死不了的。一颗血管瘤要不了你年轻的性命。你那么活蹦乱跳，怎么可能死。

可是我们越是劝，他就越觉得自己会死，有些事情不能说，越说就越像那么回事。

木罗同志认认真真一笔一画写下遗嘱，在柜台工作的间隙，完成了他人生最后阶段将要做的事，接下去就等着实现诺言了。那年在开发区分理处，金星大楼一楼，木罗坐北朝南，像皇帝那样写下遗诏，画上了最后一个句号。

最后，他长叹口气，有些参透人生苦短的意思。那时天色将晚，山雨欲来，氛围有点凄凉。我头一回感受到生命之悲凉及不可抗，说不定他去了山东，然后一骑绝尘……心中不免也跟着叹出一口凉气，不禁多看了他两眼。木罗虽拥有一对三角小眼如鼠目，人却是无比厚道，无比善良，我们都舍不得他走，想着该为他干点啥，或者明天早上打扫卫生抢过他的拖把再说，从今往后不让他拖地。

至于遗嘱内容，如国家级档案，他不让我们瞅一个字，里面肯定有让妻子改嫁这一条。木罗对将来的事总是想得很周到。

后来木罗同志没去山东伽马刀医院，当地医生告诉他，他的瘤还太小，不能开刀，要开也得等它长大，就像等孩子长大一样。于是木罗带着瘤又共同生活了好多年，血管瘤如影随形像孩子一般渐渐长大。他和它同呼吸共命运，朝夕相处，相依相伴。直到2009年，血管瘤终于如山野里的百合花绽放，木罗了却了一番心愿，迎来人生中一桩将要完成的大事，他去了省城邵逸夫医院。那时我和他已不在同一家网点，不知道这回的遗嘱，是重新写的，还是用了从前的。

木罗是武义建行公认的大好人，老实人，对人慷慨大方，对自己则克勤克俭，上帝对他也很眷顾，给了他贤淑的妻子，给了他倔强的儿子，让他重回羽毛球场，夺得全县羽毛球男子单打冠军。

春香

　　春香年方11，我们之间隔了30多年，要说代沟至少也有三条，但丝毫不影响亲密程度。我是她的老闺蜜，她是我的小闺蜜，我们可以畅所欲言，无话不说。

　　2020年1月1日，我请春香吃火锅。

　　我们手拉着手，沿着环城南路，穿过南门街，去壶山上街，准确地说是朝着火锅的方向出发。

　　请春香吃火锅，是因为她在作文里提到了奶茶，奶茶在恰当的时候出现，为我的写作提供了灵感，春香是《阿诸哥》的灵感供应商。当然还有一小部分贡献是王说说的，由于贡献程度不同，感谢方式也略有不同。

　　原本我已在酝酿奶茶的路上了，那天，王说说来上课的时候硬塞给我已喝过大半杯的奶茶，让我吸一口，再还她。我不吸。她一定让吸，她说她没病。我还是不吸。吸来吸去，就是间接接吻，这个道理我明白。但是面对12岁女孩的十二万分的热情，我只能说万一我有病传给你怎么办？她说她不介意，她保证不会得病。我坚决不从，拒绝与她间接接吻。

　　王说说见我如刘胡兰一般视死如归，也不是拿我没办法，那天我脖子上正好绕了条围巾，于是她一把拽过围巾，勒我脖子。吸还是不吸？她一手勒脖子，一手递奶茶，像个绑匪。就这样我被逼着吸下一口奶茶，灵感也被彻底勒了出来。

说说接过奶茶又"嗖嗖"吸了两口，腮帮子里还鼓着珍珠丸子的时候，她说，来的路上妈妈也吸了，奶茶很丝滑。这让我顿觉尴尬又暗自庆幸，庆幸吸奶茶的是她妈不是她爸。为表示感谢，我还是主动提出请她喝奶茶。因她勒我脖子，所以没请火锅。请春香吃火锅这件事她也是不知道的，所以依然为奶茶激动了一阵子。

文章完成后，我约春香吃火锅，春香好像等待已久，马上就在电话那头答应了。

跟春香逛街，是很风光的一件事。我可以假装是她的妈，虽然相貌上有些悬殊，但上帝造人会有误差，会背道而驰，也会青出于蓝而胜于蓝。一路上都有人回头看我们，回头率百分百，百分百的回头率主要是看她，我是顺带。她虽然不是我生的，但确确实实是我见过长得最好看的小姑娘。

第一回见春香的时候，我就像路人甲乙丙丁一样被惊艳到了。春香，如清晨的花骨朵，如才露尖尖角的小荷，清新脱俗。她笑起来的时候，整齐的牙齿饱满而晶莹，那种笑让人无法免疫。哪怕是不动声色，你也很难不会被她清如莲子，卷着长长睫毛的大眼睛所打动。人世间最美最动人的形容词此时也抵不过"好看"二字，小姑娘无论是扎两条俏皮的辫子，或是干净利落的马尾，都一样好看，好看的辫子，好看的马尾，好看的春香。如果我是男孩，一定会喜欢上她；如果被她正眼瞅一下，也定会神魂颠倒失神片刻。

像多数小姑娘那样，春香喜欢粉红的衣裳，粉红的头饰，粉红的蝴蝶结，她若灿然一笑，蝴蝶结的花边会微微颤动起来。每回春香来听我上课，都要细细打扮一番，像是和我在约会。是的，她就是从画里出来和我约会的小美人。

虽然最近脸上因上火冒了几颗小痘痘，但也完全可以忽略不计。从路人的目光可想而知，他们也一并欣赏着那些可爱的小痘痘，搁在她脸上，反倒精致了起来，是一种恰到好处的点缀。

我们一路走，一路聊。

春香开始叹气，她说她红颜薄命。我心里咯噔了一下，瞄了她一眼，小姑娘看上去面若桃花，气色不错，不像是清宫剧里薄命的小主。

她接着说薄命的理由。班上有男生送她礼物，男生小T，送了一只灰不溜秋的小熊，她从口袋里拎出那只瘦不拉叽没发育好的小熊给我看。我没见过小T，但大致可以想象小T的模样，大概也跟小熊那样灰不溜秋没发育齐全，虽然脖子上很认真地打了一个乐队指挥的咖啡色领结，态度倒是蛮端正的，憨憨的样子看上去有那么一点奥巴马。

我瞅了一眼小不拉叽的奥巴马，杜十娘才叫红颜薄命，你的命，硬得很。

这回轮到她咯噔了，知道自己命不薄，说话的底气又足了些。

话里头有一点点谴责小T的意思。据说，小T共送出五只小熊，大小颜色不一，其中最大的一只寄给了转学到杭州的小L。

小L是春香的搭档，她们共同出演婺剧。《西厢记》里，小L是崔莺莺，春香是红娘；也唱过《牡丹亭》，小L是杜丽娘，"春香"的名字就是那时得来的；还有《白蛇传》，春香演小青，小L是白素贞。春香和小L习婺剧多年，因春香身型比小L小巧了几分，于是扮了小花旦和青衣。"杜丽娘"转学后，春香身边少了配戏的角，她开始唱独角戏《天女散花》。

春香的扮相，不是用"俊美"就能形容的，每回上台，都能惊倒一大片观众，巧笑情兮，美目盼兮，一颦一笑，一嗔一怒，都牵动台下的心。

要说红颜薄命，罪魁祸首当然是小T，批发小熊批发女生，小T对任何一名女生的憧憬，都伤害到了其余四人。

要薄命，应该先薄小T的命。如果这件事发生在十年后，我一定好好教训他。暂时，看他还是一名小学生的份上，算了，网开一面吧。

我像个法官当场宣判小T无罪。

春香扑哧一笑，火锅店到了。

火锅说来无非就是煮，我们面对面坐着，将小T撂一边，将肥牛、千张、萝卜、香菜，还有春香热爱的土豆片都统统丢了进去，快意煮恩仇，将爱恨情仇一并煮上。

一张菜叶丢进锅里，就好比一桩往事丢了进去，要不了多久就会浮出水面。

我给她搛菜，这样服务员上菜的时候，会以为她是我的亲生骨肉，为了让我们一眼望去便是正宗的，我不停地让春香吃这吃那，像亲妈那样自己不吃省下给女儿吃。

春香打起了一连串的饱嗝，心有灵犀。

火锅沸腾，一切都随之翻滚了起来。我继续捞，春香爱吃土豆片，但关键时刻手中的筷子很不争气断了一截，半条腿立在空中，另半条不慎"失足"落入汤锅。

火锅店的筷子独具匠心，是拿两根小木棍接在两截筷子腿上的，组合的方式有点像春香和我。

我来我来，春香帮我捞上。不到一分钟，又，我来我来……

我帮她搛菜，她帮我捞筷子。我们都打起了饱嗝。

我建议她把小熊缝在外套上，或缝包包上。小T虽然长相奥巴马了点，但小熊是无辜的，丢了可惜，如果将小熊缝在衣服上，看上去还像那么回事。或者可以送给弟弟小豆丁。

说来小T也不是向春香表白的第一人了，小T之前，小Z也曾鼓足勇气，被春香狠狠瞪了一眼，从此裹足不入秦；另一名也叫小Z的男孩也想越雷池一步，被春香二话不说拦了回去。两个小Z，一个姓张，一个姓周，都有点情路坎坷，"Z"是道路曲折的意思。春香心里明白，她年方11，必须像热带雨林的蓝闪蝶那样扑闪着翅膀拒绝小小少年的憧憬。

说起爱情，春香也不是没有见过市面的，她早已在舞台上见证过许仙与白娘子、崔莺莺和张生，还有杜丽娘和柳梦梅。"小姐她，为读《诗经》动情丝。春香我，安排游园费心思"，没有春香的怂恿，哪来杜丽娘的"姹紫嫣红开遍"。

自从上演《牡丹亭》，她开始以"春香"自居，文章里写来写去都是"春香我"。

说到男女生的表白，如果王说说在，就要来凑热闹了，她像端出私房菜那样大大方方端出她的"爱情"。这时候的王说说，既不吸奶茶，也不勒脖子，奋臂一挥，示意听众安静。你们都不要讲，听我讲。待听众安静后，她便开始娓娓道来，那个人追我，从一年级追到了五年级，还不死心，还在表白……

拒绝"那个人"的理由是：皮肤太黑，不是学霸。

当醉鱼草还在为即将到来的春天，是开白花还是蓝花拿不定主意的时候，她们，11岁的春香，12岁的说说，像操作熟练的消防队员果断扑灭了在她们看来年少无知的"爱情"。

她们看上去挺讨厌"爱情"的，但怎么也不会拒绝男孩送上的小小礼物。

男生和女生的故事

小学

小学五年，男生A的表现很一般，既不是优等生，也不是差生。他学习一般，个子一般，长相更一般，如同一块夹心饼干。既不讨人喜欢，也不让人生厌，是那种很容易就淹没于茫茫人海的孩子。可是他从小骨子里就是不平凡的人，他干过一件惊天动地的大事。

二年级的一天早晨，我去得特别早，男生A和男生K比我先到达教室，教室门还没开，他们就坐在门外的水泥地上聊天。等门开了，男生A和男生K又转移阵地，继续坐在讲台上背靠着黑板聊天。讲台是老师的地盘，来得早的都喜欢到那上面去，领略一下当老师的风采。

我坐第一排，整理着抽屉，准备早读的课本。

突然听见男生A和男生K聊起长大后结婚的话题，我于是竖起了耳朵。你想讨谁当老婆？男生A突然这样发问。男生K毫无思想准备，一头雾水，他一脸茫然，肯定是没有考虑过这么遥远的事情。于是男生A就像过来人似的，严肃认真地说他长大后要娶班上的女生B，一定要让女生B当他的老婆。

他在讲这些话的时候一本正经，不像一个孩子，整个计划看上去酝酿已久，并非说笑。为表忠贞不渝，他紧握着小小的拳头，在讲台上发誓，就像加入少先队那样，时刻准备着。他的手在发誓的时候没有颤抖，他发誓说如果不娶女生B为妻他就遭天打雷劈，五雷轰顶。男生K傻傻地看着男生A，有点被吓坏的样子，好像将来被雷劈的是自己不是男生A。男生K不敢相信自己的耳朵，又问，真的吗？真的。不骗你。我一定要娶她为妻。

男生A说得那么斩钉截铁，眼睛里闪烁着坚定的光芒。他将来要讨的老婆，是班上数一数二的漂亮女孩，他眼光不错。

那么多年过去了，我一直等他们长大，想亲眼看见男生A和女生B将来手牵手走进婚礼的现场，实现当年的愿望。那时候我就可以堂而皇之来到他们的婚礼现场，揭晓当年的答案，他们一定会感动得热泪盈眶。

非常遗憾的是，男生A和女生B自从小学毕业后就去了不同的学校，虽然他们已走过不惑之年，仍未能执子之手与子偕老，人生轨迹越走越远。同在县城，情感生活也分别经历了一些波折，每当他们分别出现波折的时候，我就在心里暗想，这一回可能会成了。但是他们仍然没能走到一块去。这么多年了，男生A看上去也是完好无损，他没有被雷劈。

当年的他那么纯洁，那么善良，连老天爷都舍不得劈他。

初中

小学毕业后，男同学们的胆子更大了，风格也更多元了，其中最著名的就是男生X。已是初中生的男生X，是个瘦不拉叽的小男孩，个头小，看上去还没有发育，虽然他的身体没有发育，可是他的心灵早就发育了。他爱上了同班的女生

Y，他没像从前的男生A那样捏着拳头发誓，他要付诸行动。

男生X和女生Y都是校体育队的骨干，女生Y是女生中出落得算水灵的，身材高挑，跑步也很厉害，当然咱们的男生X追起女生更厉害。男生X追女生Y，这件事在全校都出了名。

男生X下了课就去找女生Y表白，女生Y呢，大概是有了心上人，她有点讨厌男生X，想甩掉他。就这样，校园里常常看见他们的身影，男生X追，女生Y逃，像动画片里的猫捉老鼠。一到下课十分钟，他们就准时出现在操场上，走廊上，跑遍每一个犄角旮旯儿，分秒必争。

从前的下课十分钟纯属瞎玩。自从有了他们，每到下课的时候，每个人都是热血沸腾，等着看猫捉老鼠的好戏，还有民间组织的啦啦队在一旁喊加油。

女生Y，长短跑兼长，男生X呢，很有爆发力，穷追不舍。虽然他个子矮小，但每逢下课十分钟就爆发一次，像一座永不熄灭的小火山。女生Y越来越讨厌男生X这种打持久战的方式，她跑遍了校园里每一个可以藏身的地方，这样的地方已经越来越少，后来她干脆就跑进了最安全的女厕所。

男生X终于停止了追逐的脚步，他在女厕所门前守株待兔。

那时候的厕所就是茅坑。坐落于操场一角的茅坑，是一间砌了墙盖了瓦的大粪坑，茅坑没有冲水设施，大老远就能闻见经年已久的臭味，风一吹，那积蓄已久并经历了四季轮回不断发酵的气味，甚至能飘进远在操场另一头的教室里去，那些年，茅坑就这样熏陶着我们。

女生轻易不去那儿，能憋就憋，都带回家……

男生X此时就站在茅坑的门口，纹丝不动，像座雕像。爱情的力量是伟大的，他像一位极有耐心的猎人等待猎物出现。上课铃响了，他们还僵持着……

这个画面就一直这样搁着。后来读钱钟书的《围城》，看到那句——"城外的人想冲进去，城里的人想逃出来"，顿觉豁然开朗。

男生X和女生Y最终也没能步入婚姻的殿堂，他们的故事熄火了，但是男生X的人生仍跟赛道有关，他玩上了赛车，在赛道上飞驰人生，继续玩着"城外的人想冲进去"的游戏。

男生X和男生A，都是一厢情愿，没能善始善终，就像一个人放烟火，火花灭了，就结束了。

高中

到了高中，尤其是进入高三，人生几乎已成定局，那些明知高考不能上线的，就紧紧抓住青春的尾巴，利用高考前夕的宝贵时光谈起了恋爱。

最出格的就是男生E。他和女生F在高三谈起了恋爱。他们原来并非同桌，但是男生E对女生F爱慕已久，日久生情，为了谈恋爱方便，男生E硬是把女生F的同桌给换走了，这样就可以朝夕相处。除了数学课男生E要回到原处，其余时候他们都是同桌，因为数学老师是班主任，是跟踪并阻止恋情发展的人。

每当数学课到了，就意味着男生E和女生F之间要有一段小别离。男生E就万般不舍地坐在最后一排远远地望着女生F，那种望穿秋水的感觉，恐怕一辈子都不会再有。

女生F的皮肤可白了，据说她从小是喝羊奶长大的。

喝羊奶长大的女生F和又黑又胖一副麻将牌身材的男生E谈起了恋爱，英雄难过美人关，美人同样也难过英雄关。

他们的同桌关系还是被班主任发现了，于是班主任开始了暗访。上课的时候他会偷偷潜伏在窗外偷看，隔着花玻璃寻找他们的身影。这时靠窗的同学总是能在抬头的瞬间猛然发现窗外的影子，就像遇见了鬼。这样无数次飘然而至，吓坏了好多同学。男生E和女生F却安然无恙，他们无法被拆散，牛郎织女很快就能搭一座鹊桥。

随着恋情逐渐被公开，男生E和女生F的脸皮越来越厚，下课十分钟也是如胶似漆难舍难分，后来另一个班也出现了一对恋人，无论上课下课都一样如胶似漆难舍难分，他们都把生命中的每一天当成最后一天。

那一年高考前，整个高三年级出现了很壮观的场面，只要一下课，所有的教室门口就像入海口，人潮涌向走廊，人潮涌向不同的教室，一路上有人高呼："看电影喽！看电影喽！"

"电影院"分别在三楼和四楼。十分钟只看一部电影不过瘾，多数人的愿望是把两部电影都看完，这就意味着他们要在十分钟内分别赶两趟火车。于是交换场地的，上下楼梯的，一时拥堵。"观众"集中在两个教室的走廊，他们趴在窗台上，一颗脑袋上方往往搁着好几颗脑袋，像叠罗汉。他们透过模模糊糊的窗，鼻子顶着花玻璃，花玻璃冒着热气，隐隐约约地看着"电影"中的主角，关注并讨论剧情的发展，用后来的说法就叫做"追剧"。

其实他们什么都没看见，有的人看了无数场"电影"连主人公长啥样都不知道，好比去动物园看动物，看的人多了，孔雀就开屏了。当上课铃响的时候，观众比"演员"更难舍难分。

也许是，看别人谈恋爱往往比自己谈一场恋爱更容易激动。

劳燕妮莎白

劳燕妮莎白是我见过最长的名字。从前的名字有三个字的，有两个字的，后来渐渐出现了四个字，四个字的最后经常会用上"子"，类似于小鹿纯子，大岛幸子，都是受了日本电视剧的影响。从《排球女将》到《血疑》，影响了一代电视机前的中国观众，后来他们给孩子取名字的时候，就有了四个字的想法。放眼望去，好像一群新时代的日本人出现在中国大陆。

劳燕妮莎白，名字就像一列长长的火车，火车上挂着两位伟大的女性，她们是燕妮和伊丽莎白。据说劳燕妮莎白的爷爷当年读完《资本论》，十分敬仰马克思，于是给刚出生的孙女取名"燕妮"；如果当初生的是男孩，他老人家大概会以"马克思"命名。当襁褓中的"劳燕妮"准备上户口的时候，爷爷又开始犹豫，他在资本主义和社会主义之间举棋不定，觉得资本主义也有可借鉴之处，于是想到了英国女王。在爷爷看来，"莎白"不是指某一位特定的女性，是以英国女王为首的所有"伊丽莎白"为名的伟大女性的统称，是一群"伊丽莎白"。

就这样，一列长长的火车挂在了劳燕妮莎白的身上，共产主义，资本主义，像是两节车厢，她到哪里，火车就开到哪里，只要火车驶过，所有人的目光就锁定在她身上。

我是在一次培训会议上看见"劳燕妮莎白"这个名字的，当时就对她充满了好奇。跟我一样，大家都对她充满了好奇。会议刚开始，主办方就让与会者一一介绍自己，这是从前没有出现过的议程，大概他们也想了解劳燕妮莎白的由来，于是所有人的介绍都成了陪衬，大家都等着劳燕妮莎白的出场。

劳燕妮莎白看上去很普通，80后女孩，一头短发，相貌气质并无出众之处，如果走在大街上，很容易就淹没于茫茫人海，你肯定不会把她跟什么特殊人物联系在一起。但是这一次，她的出现引起了不小的波澜，她为什么会拥有一个长长的名字，谁都想知道。

她把名字的故事讲述了一遍，在好多场合她都提起过资本主义和社会主义的伟大结合，她的表达很流利，也很熟练。与她相比，我们所有人的名字都那么土里土气，不值一提，我们都不好意思介绍自己。即便如此，中午就餐的时候，还是有人对劳燕妮莎白继续保持关注。

午餐是圆桌，坐满一桌就上菜，只要她坐下，那一桌总是最快上菜的。好奇的人们抓住机会不停采访，询问平常人们是怎么称呼她的。这时候的劳燕妮莎白总是十分有耐心，她放下筷子，就像火车到站停留片刻那样。

她说，人们喊她"燕妮"，也有人叫她"莎白"，全看心情。就像一道选择题，今天选A，明天选B；你选A，他选B，结果都对。最后选择题从家里延伸到了单位，在单位也是如此，喊"燕妮"和"莎白"的基本上各占一半，好像每个人对资本主义和社会主义都有不同的倾向，喊习惯了也就没有区别了，只是隐隐约约觉得周围平白无故多出了一名女性。总之喊她全名的人甚少。

劳燕妮莎白耐心地向人们解释着他们想得到的答案，就像答中外记者问一样。用餐的时候，人们有意无意地靠近她，由于人员不固定，圆桌出现不同的排列组合，劳燕妮莎白有时未免有些倦意，那些问题往往重复，并无新意。

经过深入细致地调查，人们总结出"劳燕妮莎白"的使用频率其实是极低的，书写效率也是极低的，人们甚至总结出：如果她将来当一把手，当领导，签字会是一件麻烦事。但是他们马上又否认，跟当一把手相比，签字实在算不得什么。

　　"劳燕妮莎白"这五个字只在正式场合出现，比如颁奖典礼，表彰大会，会议点名时。当为期一周的培训结束，结业典礼上，已经没有人再提起劳燕妮莎白了，也没有人跟她做进一步的追踪调查。劳燕妮莎白的底细已被一一掌握。

　　结业典礼结束，有些人为赶路途走得早，圆桌未能填满，属于劳燕妮莎白的那一桌，只有一纸薄薄的结业证书陪着她。此时无论马克思的夫人，还是英国王室的女王，都像一列远去的火车，渐行渐远。

璎珞

当我在电视剧《延禧攻略》里看到魏璎珞这个名字的时候，丝毫没有陌生感。从前，"璎珞"就是我的同桌。

在我上中学的时候，班里开始流行笔名。而我的同桌，就在某一天的语文课上，从一堆字库里选了"璎珞"两个字。她偷偷把"璎珞"写给我看，我当时竟然不知道这两个字的发音，回家查找字典才知道它们不但好听，还有美玉的意思。是的，璎珞同学很美，她的眼睛如一汪清泉，看上去外角上翘，睫毛也疯长着，凌乱而修长，像最热烈的波斯菊花瓣，虽然她那时只有十五六岁，可已经拥有了成熟女性的曲线。只有她才配得上这个名字。在合上字典的刹那，我不免开始感叹，为自己的落伍，也为与同桌璎珞之间的差距深感失落。

是的，我们的差距太大了。"璎珞"的主要用途是情书上的署名，这样万一情书落入他人之手就不会暴露真实身份，所以笔名都是偷偷使用的，只有互相写信的人才知道，就像地下党的暗号。

和璎珞书信往来的是一个叫"威滔"的男孩，他们的名字都很琼瑶，就像是琼瑶小说里走出来的人物，不识人间烟火，沉浸在自己的世界里。璎珞和威滔几乎每天都要写信，晚自习回教室，璎珞的抽屉里就藏着一封威滔的情书，如果那一天抽屉空空如也，那就是他们闹别扭了。他们热恋，他们也时常分手，像琼瑶小说里写的那样，聚散两依依。这些全班同学都不知道，只有我知道。璎珞把所有的情书都给我看，尤其是威滔写的，她让我好好学习，顺便欣赏一下他们的才华。那些文字都出奇得好，尤其是威滔，在一封信中居然提到了"滴水之恩，定当涌泉相报"。

我为他的文采连连叫好，也为璎珞找到了深明大义的意中人深感欣慰。后来在多部文学作品中看到了"滴水之恩，涌泉相报"，我为自己的无知深感羞愧。

收到"滴水之恩"的来信后，璎珞很快就回了一封热情洋溢的信，结尾引用了普希金的"假如生活欺骗了你"。我是从璎珞的回信中得知伟大诗人普希金的，璎珞说普希金是俄罗斯最伟大的诗人，年轻的普希金在一场决斗中身亡，他为爱情而战。她说起普希金的时候好像威滔也必将为他们的爱情而战。她不愧是我文学上的启蒙老师。不，是她和威滔共同缔造了我。

可是我始终不明白威滔所言"滴水之恩"究竟为何物，为什么他又要涌泉相报？

这个问题一直困扰着我。多年以后，当璎珞和威滔天各一方，他们各自成家，有了各自的儿女，一切都风平浪静，毫无瓜葛。有一天我终于逮住机会盘问起威滔当年的"滴水之恩"，没想到威滔同志嘴里念叨着"滴水之恩"的时候，好像是遥远的来自地球另一端的消息；他更忘了"威滔"，对我提供的线索表示陌生，他还问我"威"怎么写，"滔"怎么写，好像我才是当年的威滔。

如果时光可以穿越，我真想把他拉回当年油漆剥落的那个教室，打开璎珞的抽屉让他看看他亲手写下的情书。我是他们爱情的见证人，我保守着他们的秘密，这世界上恐怕只有我珍藏着他们最初的情感，那些信件我依然历历在目。我也不能肯定他们是否初恋，因为同时困扰着威滔的还有另一名女同学——紫菱。

威滔在信中跟璎珞提起过紫菱，紫菱是第三者插足，而他们闹别扭的多数原因都是因为紫菱。璎珞觉得威滔不够忠贞，而威滔认为他跟紫菱不是爱情，可是他又不愿意让一个纯真的女孩因为拒绝受到伤害。所以他始终拖泥带水，威滔为了保证心中只爱璎珞，甚至把紫菱的情书也一并交给了璎珞。

这下子璎珞更生气了，因为紫菱的字里行间透着浓浓的深情，璎珞很吃醋。

这样我又有了一次深入学习中国古典诗词的机会。紫菱的文风与他们迥异，她似乎不知道普希金为何物，她只喜欢唐诗和宋词，喜欢把李清照放进情书里。

她给威滔的情书，就像当年李清照写给赵明诚的书信。

这下子，璎珞、威滔、紫菱，三大流派造就了我的文学之路。

让我深感失落的是，不但是威滔，就连璎珞也忘了从前的普希金。只要提起同窗往事，她只是对我的记忆力表示惊奇，甚至连我的同桌身份也忘得一干二净。

可能是她后来读过太多的书，去过太多的地方，把属于"璎珞"的那段都清空了，而对于我来说，这些都是不该忘却，也无法忘却的。

W同学

　　W是我的中学同学。中学毕业后，她就很少抛头露面，即使共同生活在小县城，一年下来在大街上碰面的概率几乎为零。你不打她电话，她也不会打你电话，你打她十次电话，十次都是无人接听，让人怀疑她从地球上消失了。消失的原因是：她有丢三落四的毛病，于是把手机锁在抽屉里，形同虚设。后来渐渐地就没人打她电话了，有事情都亲自跑去找她，因为她，不得不恢复从前古老的联络方式。

　　W仿佛是要淡出我们的视线，从我们的视野中消失。

　　可是如果没有她，我的中学时代会平淡许多。我曾无数次回忆过中学的那几年，在那些画面里，她就像电影中的主演一样频频出场，有时候你想把她放到更远处，先想另外一件事，可是没过多久她又会游回画面。她就是一个阀门，一个幽灵，负责打开记忆之门。

　　同学聚会的时候，聊着聊着就会提到她的芳名，还有她当年爱画画这件事。

　　是的，她酷爱画画，就像徐悲鸿画马，齐白石画虾，她爱画手。她画的手柔弱无骨有气无力，它们苍白，没有血色，好像无数个哀怨的女子。最后，这些柔弱的女子都躲进了她的抽屉里，塞满每一个角落。它们之所以苍白，跟W的绘画材料有关，她只用钢笔作画，加上白纸，只有黑白二色。上课的时候她用一半以上的时间埋头作画，这一点我可以证明，我是她的同桌。如果她当年一直画下去，恐怕会是地球上屈指可数的专门画手的画家，比徐悲鸿齐白石还伟大。她画的手，有一种特别的境界，它们都没有主人，是断手，是呈现各种各样的姿态的局部，有的拈花，有的无奈，有的释怀，各种各样的手碰面在抽屉里，用无声的语言诉说着什么，至于诉说的内容，无人能解。

她画手的时候，两耳不闻窗外事，也闻不了窗外事，她的耳朵都被长发给挡住了，像一株细密的垂柳。她的长发很听话，垂在桌面上，刘海同样也是长长的，像颐和园的垂柳。

我仔细研究过那些手，跟她自己的手有些相似，最大的共同点就是指甲都很长，如梅超风的九阴白骨爪。班上有男生曾对W产生过浓厚的兴趣，他们像解开一道谜题一样试图解开她。有男孩趁她不在的时候偷偷打开她的抽屉，想知道她上课是否写情书，或者她是否有收到过情书。他们翻开了她的抽屉，那是意料之中的乱。上课的时候老师讲试卷，一张试卷讲完了，W还埋头在抽屉里，全班都能听得见她翻抽屉的声音。男孩显然很有耐心，继续查找线索，终于翻到一个精美的笔记本，他一脸喜悦，考古工作想必有了重大进展，笔记本里肯定会有蛛丝马迹。结果他在翻开的那一刻，表情如同第一回观看日本电影《午夜凶铃》，那些毫无头绪并且苍白的断手党打消了他继续研究W的念头，也打消了对她的浓厚兴趣，青春期对异性的憧憬刚刚萌芽就遭遇了灰飞烟灭。从此W爱画手的消息传开了。

W爱画手，她画的手有着清朝宫廷女子长长的指甲。说到指甲，我深有感触。W是我的闺中好友，早读结束后，她经常邀我共进早餐，并请我吃半个馒头。她很友好地递给我半个馒头，丝毫不考虑对方的感受，她的长长指甲尖如同鹰爪深深地陷入松软的馒头，我的心跟馒头一样被陷入。这造成了我后来对馒头产生了严重的心理阴影，也打消了对馒头的热爱。从此看见馒头我就会想起她，再也没有动过馒头半根毫毛。我很严肃地对她提出了剪指甲的建议，她像个听话的孩子轻快地答应着，可是她的记性并不好，一笑而过就代表已经剪过。

W不但画手，英语也是她的强项。考试的时候，在她周围的男同学希望能在英语上沾得一些运气。一场考试下来，她的长发垂柳又一次打消了他们的念想，她的闭关锁国政策，"垂柳"如扫帚般在试卷上慢慢挪移，他们喊她的名字希望能打开一丝缝隙，可是她什么都没听见，答完题继续沉浸在自己的世界里，描绘着永无止境的千手观音。

由于W从小视力就不好，父母不让她骑自行车，她在读高中的时候瞒着家里人偷学自行车，而我成了她的教练。晚自习结束后，我们一道回家，我走路，她练车，那时候的马路很安静，几乎没有车辆穿行，刚骑上自行车的W颤颤巍巍，用身体的左右扭动保持平衡，造成了马路上独一无二的S形路线。终于她的盘旋前进引起了路人的不满，他们被她挡住了道路，有中年男子停下自行车批评她为什么要用屁股的摆动来控制自行车的方向，他说她矫情。

擅长画画的W并没有语言上的天赋，她在争吵中败下阵来，从此再也没有碰过自行车，而我唯一的教练生涯也匆匆结束。从此W保持步行，开始了步行人生。

当然，时至今日，她也同样不会使用其他交通工具，包括汽车。有一回她想请同学们吃饭，让我帮忙联系酒店包厢和受邀人员。等我安排妥当一切，到吃饭的时候怎么也打不通她的电话，我只能抛下一桌同学离开酒店去找她，当我在无法联络的情况下一站接一站终于找到她的时候，她正在美容院里享受着泡澡。我当然义不容辞结束了她的美好享受，把她从美容院拉回酒店。一路上她坐我的车，跟我絮絮叨叨说着真不好意思忘了今天要请客这回事。她在说这一切的时候，就像熟溪桥下清澈的水。她的记性不好我早已领略，看在那么多人等待的份上，只要她最后掏钱买单便可。

关于她，我始终持包容态度。早在上中学的时候，我就研究过她的血型，是罕见的AB型，跟日本电视连续剧《血疑》中的大岛幸子同款，这样罕见的血型，一切不正常行为都是正常的。要怪只能怪血型。

一路上听她诉说，我没有搭话。到达酒店的时候，车子还没停稳，W就打开车门差点撞上了从车右侧穿过的大妈。大妈就像当年阻止她在马路上盘旋前进的中年男子一样，对W的行为表示不满。其时，W无话可说，低头认罪，如熟溪桥下平静的水。

邻居老刘

邻居老刘，十八般武艺样样精通，在江山新村的村民们眼里他几乎无所不能，除了上天入地。

你若想折几枝门前的蜡梅却又够不着，只要高喊一声"老刘——"，老刘同志就丢下手中的活，带上专门的工具，你只要指点江山戳戳这个，指指那个，确定好砍伐目标，哪怕是蜡梅的花骨朵探到了三楼的楼顶，他都能想办法帮你拿下。他一边剪蜡梅枝一边吹牛，就算它们长到天上去他也能拿下。真是，给他点阳光他就那么灿烂。

剪完蜡梅的老刘意犹未尽，斜了一眼路边高高在上的香椿树，好像要把几株香椿树纳入下一步的修剪计划。他站在高高的梯子上说，开春了，香椿树很快就要冒芽了，这些香椿长太快，叶子都够不着，怎么能吃上香椿炒蛋呢？

把香椿树交给老刘，这下子，大家都能吃上香椿炒蛋了。

除了蜡梅和香椿，这一带的人们还爱吃甘蔗，但削甘蔗是件麻烦事，需要一些专业技巧，通常削甘蔗的技巧只被卖甘蔗的人所掌握，因为他们天天削甘蔗，他们能把甘蔗削得光溜溜的。人们爱吃甘蔗，就把甘蔗成捆搬回家，一则便宜，二是卖甘蔗的经常出现在江山新村，三是想吃就能吃上。但是想吃就能吃上这一点未必能实现，因为想吃的时候就需要有一个会削甘蔗的人。

每当邻居们想吃甘蔗的时候就把希望寄托在老刘身上，只要他们抽出一根藏在门后边的甘蔗，拿上推子，来到小河边，正准备动手，老刘一瞧他们的架式就看不下去，哪有这样削甘蔗的？这个推子不行，让开……

就这样，一根，两根，三根……家家户户都拿出了珍藏已久的甘蔗。跟甘蔗比起来，老刘是所有邻居中最矮的，甘蔗身高都在两米以上，老刘身高不足一米六，他的难度系数最大，但是世上无难事，只怕咱老刘。老刘把邻居们的甘蔗削得干干净净整整齐齐，顺带把自己家的也削了一根。一群穿戴整齐的街坊邻居好像在开武林大会，一人舞一根棍子，没多久地上就有了一堆堆的甘蔗渣，你还来不及清理，老刘就把甘蔗渣扫至一处，看着那座小山，他很有成就感。

后来，只要卖甘蔗的来了，邻居们就喊老刘一道去买，买甘蔗的同时就把削甘蔗的任务交给了他。而老刘同志隔三岔五就来检查甘蔗进度如何，监督你吃甘蔗。哪怕你不买甘蔗，他也要鼓励你买，反正我会削，削甘蔗的活交给我。他总是这样说。

我反复思量他为什么如此热爱甘蔗，这大概就是他人生价值的体现吧。再说削甘蔗好比一场伸展运动，把所有的烦恼都随着四肢的运动削得一干二净。所以，老刘从来都没有烦恼。

老刘是这一带的活雷锋，社区发福利，统计和发放工作都是他的。因为他勤快，有人称他为江山新村村长，也有人称他为河长，河里清扫垃圾的活也是他干的，一周清扫一次，有时顺带捡回一些宝贝，比如人家丢弃的家具，废纸箱等等。

老刘不但是劳动模范，还是杀生模范。几乎每个周末，他都要杀鸡。每到周末，女儿带着女婿和孩子们回家吃饭，老刘就要为他们杀开血路，杀一只鸡。

春节前夕，老刘一天要杀五六只，鸡鸭鹅排成一列，只要你路过江山新村的小河边，看见一滩滩血迹，那都是老刘的犯罪现场。被杀的禽畜们从正月初一排到十五，家里来了客人老刘就拎出其中一只，杀了。他杀自家的，还帮人家杀，像我们家这种三代以内没有人会杀鸡的，最近几年里杀生的事全都委托给了老刘。也不知有多少屈死的鸡鸭鹅排队要上阎王爷那告他的状。

老刘虽然看上去无所不能，但也有不能的时候。有一回我尝试做豆腐丸子，捣烂了豆腐，正准备往碗里添面粉，让豆腐在碗里滚来滚去滚成圆球，这是下锅前的最后一个步骤。老刘过来瞧了一眼，很有经验地说了一句，豆腐丸子用淀粉不用面粉。看他那么确信无疑，那么专业，好似滚过无数豆腐丸子的样子，于是改用淀粉。结果等到一锅豆腐丸子快煮成烂泥的时候，怎么也找不着老刘的影子。

为报豆腐丸子之仇，今年春节我把镜头对准了老刘，拍他的一举一动。他很配合，见我拍他吃饭就换上家里的海碗，见我拍他生煤球炉子就使劲扇出火星来。他说不许拍他正常的饭量，要拍就拍大碗，大碗气派，他把前一天的剩饭全扣在了海碗上，看上去像一座米饭造就的金字塔，沉甸甸的，看一眼三天不用吃饭。

于是就有了"老刘老刘，食量大如牛"。

照片通过朋友圈辐射了整个江山新村，新年里人们见了老刘第一句话就问他吃饱了没有。人怕出名猪怕壮，老刘开始对我有了意见。

虽然我们友好邦交N年，但是跟老刘的审美始终走不到一块去。有一年春天我打算种一些小盆景，从山上精挑细选带回一些野草种在瓶瓶罐罐里。老刘就像看我削甘蔗一样看不下去，指指门前的三分地，何必去山上？一大片现成的，比你弄来的都要好。他用了"都要"二字，以示强调。老刘看我仍埋头瓶罐间便很生气，看你挑的，都是些老得不成样的野菜，那个叫马兰头！还有野茶，连我都叫不出名字的东西，没有一枝是带花的。

依老刘的观点，不带花的不值得一种。要种就得是带花的，怎么也得帮他开出点东西来。

这件事让我明白，外表狂野，看似只会削甘蔗杀生干粗活的老刘，其实他的内心是热爱花儿的，尤其是见上了红艳艳的花苞，他便笑得满脸都是褶子。

我们的生活态度始终无法苟同。老刘清扫河道的时候带回一把废弃的旧椅子，乌漆抹黑的。老刘把黑交椅放在我家门前，那是他的专座。老刘坐那上面晒太阳的时候就像黑社会老大，威严而神秘。我对彻头彻尾的黑看不下去，它太过沉重和压抑。有一天在太阳底下趁老刘不备就把椅子刷成了明黄色，换成了金灿灿的皇帝宝座，边刷边想，老刘坐那上面才像村长，就让老刘当一回皇帝吧。

没想到老刘见了龙椅，眼睛就跟螃蟹的吊珠子似的差点夺眶而出，他拉长了脸，再也不跟我谈天说地，也不帮我削甘蔗。

第二天我忍不住采访他，他说出了心里话，那把椅子换了颜色就不是普通老百姓能坐的，他不是皇帝的命，是村长河长的命。

老刘，名叫刘开荣，开始的开，光荣的荣。他们家从他开始，生了四个孩子，分别叫荣、华、富、贵。

毕县令

毕县令最初不是毕县令，是毕处。

那时他是建行总部的一位高级官员，2010年北京寒冷的冬天，我认识了他。第一眼就觉得他非常像电视剧《康熙大帝》里的姚启圣，然后把这个发现告诉了一同出差的人，他们都觉得我的重大发现非常有意义，并鼓动我把这个好消息告诉他。

我鼓足勇气向毕处走去，像我这样一个小县城小支行走出来的人，不太好意思直接跟总行的高级人员对话，因为中间差了太多级别，哪怕身处同一个行徽下也有三六九等，尊卑贵贱。央企总是有意无意地提及每个人所处的级别，这会成为交流上的一道门槛。但是没想到他根本没看过《康熙大帝》，更不知道姚启圣是谁，这让我有点失望。

北京之行长达一个月，主要目的是为了完成项目组的任务。毕处是项目组的负责人，也就是管钱管进度的人。其间毕处带我们坐地铁吃过北京烤鸭，20多号人浩浩荡荡奔着一只烤鸭而去，毕处是烤鸭大队的大队长。为了防止人员失踪，他上地铁前找人，下地铁又找人，快到站的时候就高喊一声，像从前公交车上的售票员，把整个车厢的人都喊得抬起头来。我们到哪他都得点数，数得比烤鸭还清楚，然后一二三齐步走，就怕不慎走丢一个。

那趟烤鸭之行，毕处抠着口袋里的钱，只许我们一桌吃两份烤鸭，不许点别的。我年轻时骨子里有一股反抗精神，冒险点了份素菜，结果是迄今为止吃到最贵的素菜，皇城脚下素菜也是非同一般，后悔死了，难怪毕处不让点。不过他没有一句怨言，乖乖把钱付了。他兜里揣着项目组的钱，嘴上总说省着点花，僧多粥少，不能一下子就挥霍掉，但我们不是僧。我们就这样抠着过日子，偶尔他也给我们开洋荤，大部分时候就吃总行的食堂。到后来每个人的胃口都越吃越小，连一米八的也只能扒拉下一小碗米饭，那些菜实在太难吃了，炒青菜都放肉，什么菜里都有肉，肉比青菜多，炒得稀糊稀糊的，还放酱油，青菜就好比是肉里面的葱，还有北京的猪肉也未免太难吃了。

他还组织我们北京一日游。他把我们交给了导游，给导游钱，然后他回家休息陪老婆。北京城有很多能说会道的导游，其中之一就带着我们去长城爬了一段，一路上说得我们每个人都昏昏欲睡晕头转向，导游从明朝的野史一路说下来，明星歌星，什么都说。结果下了车看见长城一路上都立着石碑，上面写着——"不到长城非好汉"，只要走一点点路，就能成为好汉，就能跟石碑合影，这是我对长城最初的印象，从山脚下往上看，那上面密密麻麻的全是好汉。

在长城脚下的玉器店，二十几个人又被集体忽悠了。除了我和另一名浙江人没拔一根汗毛，其余的玉镯子、玉坠子、玉观音、玉貔貅全都落入囊中。在玉器店的时间比在长城当好汉的时间还久。有一位湖南桃江的老乡把老婆女儿全身上下都买齐全了，就差金缕玉衣了。就因为两位浙江人没买，被他们称之为"精明的浙江人"，其实是在骂我们俩"小气鬼"。

没想到隔了数月，中央电视台的"3·15"晚会，长城脚下的玉老板重见天日，是记者暗访拍下了他们兜售玉器的过程。不知是谁最早看见的，我们那拨人就赶忙互相打电话告知噩耗。我就是接到了青田老何的电话，老何在电话那头激动地告诉我，小顾，那个卖玉的，他在电视里！

她的声音从来没有如此惨烈。

当时我想阻止她买玉的行为，可是她反复跟我说她不会被忽悠的，她比浙江人还精明。废话，她不就是浙江青田人嘛。我又想阻止集体疯狂购玉行为，可是那玉老板一直盯梢我，不让我有任何开口的机会。他把我们关进了一间阴森森的屋子里，让我感到有一种生命危险的存在，他一面热情地招呼着他们，一面拿恶狠狠的眼神杀我。

后来老何上了车就恍然大悟，一路上埋怨我为什么不阻止她带貔貅回家。当时在玉老板眼皮底下，她还拼命跟我传授貔貅知识，说貔貅是"请"回家的，不能用"带"。她还说在旅游购物这种事上，她见得多了，但眼前这位玉老板是真心诚意的，因为那天是他爷爷90岁生日。

"3·15"晚会上，记者混入队伍中偷偷拍下的，也是玉老板的爷爷90岁生日，不知那位亲爱的爷爷到底还在不在世。当时的场景重现：当导购员和买家都达成了八折的协议时，玉老板还煞有介事拍了拍导购的肩膀，不行，得六折，一定得优惠各位父老乡亲的，否则就是不给我爷爷面子。玉老板还亏血本送了每人一对玉枕头，除了两个一毛不拔的没送。那个玉枕头不知道是花岗岩还是大理石做的。

没有毕处就没有北京烤鸭，没有毕处就没有北京一日游，也就没有那些玉的故事。

后来我离开了原单位。直到2017年的冬天，很偶然的机会又见到了毕处，这个时候他已经不是毕处了，他挂职去了陕西安康，成了安康市汉滨区的副区长，我便戏称他为"县令"。

当他在电话那头喊我名字的时候，我很快就听出了他的声音，没想到脑子里的辨识度一直留存，就等着他的一片京腔，就像那位玉老板多年以后依然能让你在茫茫人海中一眼找到。没想到我接到他电话的同时，就想起了长城脚下的玉老板。

多年以后的毕县令已经不是从前的姚启圣了，自从挂了职，他胖了，油水更足了，也顺带苍老了。现在他不用心系项目组，而是心系汉滨区的农民了，他现在满脑子想着如何让他们种植果树脱贫致富，饭桌上也是三句话不离本行，除了苹果就是水果。他还指出我书中《北方人》一文中的错误：文章中提到了当年的烤鸭店，他说应该是和平门那家全聚德，不是前门烤鸭店。

他本想多逗留几日，走走江南的古村落，但是到达当晚就被一顿盛情款待给吓坏了，他怕喝酒，那些酒水到了他的身子里无处存放，第二天没来得及游玩就匆匆赶了回去。走的时候他说了一些话让我有些伤感。

他说下回不知还能不能见面，我说能，康熙大帝还能见上姚启圣呢。但心里没底。毕竟要找个理由见上对方，不那么容易。

尤其是他现在已经不是建行总部的领导了，等他挂职结束回到建行已经是退休年龄，他该回家抱孙子了。

他叫毕宗让，是我见过为数不多的县令。

老何

自从写了毕县令，老何对我意见很大，觉得她的人物形象不够伟大。虽然是客串，但定位还是很重要的，她把《毕县令》从头读到尾，觉得自己成了反面人物，要求平反。

其实老何在我心目中一直都是光辉伟岸的形象，她玉树临风，谈笑风生，跟她在一起，生活会增添许多的乐趣，她还有一定的影响力。我从前就是一个严肃又死板的人，受老何影响，才渐渐开始有趣，我要感谢她。

我们因为工作相识。2009年因温总理在南方说的一句话，村镇银行于是开遍大江南北。老何就是浙江青田建信华侨村镇银行的财务总监，现在不知道荣升到什么职位了，反正她对我影响至深的那段时期就是财务总监，其实她有不有趣跟她的职位没什么关系。

那年冬天我和老何一同去北京出差。她从青田出发，我从武义出发。说得具体点，老何是从青田的圣旨街出发的。

圣旨街，很气派的名字，一听就是皇恩浩荡。可能是从前那条街上有谁获颁过一道圣旨，至于老何是不是跟那道圣旨有关，我一直想弄明白，为此专门向她打听过，可惜她至今都没有理我。也许是在圣旨街上住久了，对皇恩不皇恩已经不稀奇了。她只是在出发北京前跟我在电话里聊了北上的计划，很快就切入了主题——王府井，具体一点说是王府井的美食，她发誓要同我吃遍王府井的小吃。

我有点担心，她那么瘦弱的身子骨可能消化不了太多食物，我们的小吃之旅能否如期进行？在这件事情上，她比我更有信心，早早就做好了美食攻略：东来顺的涮羊肉、驴打滚、豆汁、炸酱面、炒肝、炸糕……为什么没有将北京烤鸭纳入版图呢？那是因为有人会做东，那个人就是毕县令，当时人称毕老爷。

我们同一天到达了京城，第二天就接受了北方气候的严峻考验。临睡前老何露出了瘦骨嶙峋的两条山羊腿，随之抖落下一层谷糠，那纷纷扬扬的皮屑如窗外的飘雪。她说那叫"老人粉"，只要到了北京就会有"老人粉"。这要命的京城，她边抖边数落着这座城市。我还是第一回听见"老人粉"的说法。接下去的日子里我们都一块抖，整个屋子里都弥漫着老人粉干巴巴的味道。她抖干净了就往两条白白净净的山羊细腿上抹蛇油膏，把两条腿擦得亮锃锃的，就像两把随时准备出门的利器。

一切全听她的指挥，她只管目的地，不管路线和方向，因为她是路痴。我们去王府井，主要就是冲着东来顺。但是在东来顺之前，必将面临一些考验，因为挡在前面的美食太多了。老何一路叮嘱一定要留一个角落给东来顺，不许贪吃，哪怕是去了东来顺，也得留一个角落给后面可能遇见的东西。她一边说一边比划着角落的大小，四四方方，体积不小，看上去比她的胃还要大。

我们转遍小吃街的每一个角落，她雪亮的眼睛不放过任何机会。相比之下，我就粗枝大叶多了，经常是她拿定主意，然后回头唤我。有时候面对陌生品种，她会去先征询食客的意见，如果对方答曰好吃，她就吃。但是遇上众口不一的情况就不一定了，有位小伙子将卤煮吃得十分嗨，以至于老何误会了卤煮的原料和气味，她喝了一小口就命我倒掉，看她作呕，我也没了胃口，十块钱就这样倒掉了。

幸好东来顺就在正前方。来不及责怪刚才的小伙子，我们开始就着紫铜火锅烫着薄如蝉翼的羊肉卷，听着羊肉贴在火锅上发出"嗞嗞"的声响，那声音听上去好像有无数只小羊羔在惨叫。东来顺的羊肉鲜嫩无比，白水汤汁的热烈奔放淹没了卤煮的负面影响，一声惨叫后的小羊羔最后都乖乖地伏进我们的胃里。老何很抠，这一点很像毕老爷。她一定要留下角落，毕老爷是只许吃烤鸭，是强调专一，而老何更注重食物的多元性，其实角落早就不存在了，无论有多少角落均已超载。

每涮一片羊肉，老何都要强调角落的重要性和战斗力，她很会鼓舞士气，就这样我们两个严重超载的南方人走出了东来顺，差点瘫倒在王府井的大街上。我甚至想笑，那一天的伙食到底可以分摊到接下去的几天里？我不敢计算。

后来读到余华的一篇文章，是关于他在天津吃狗不理的经历，余作家是这样描述天津狗不理之行的——"每个人都把自己的胃撑得像包子皮一样薄，谁也不敢再吃了，再吃就会将胃撑破了，而桌上包子还在增加，最后我们发现就是看着这些包子，也使我们感到害怕了，于是我们站起来，小心翼翼地站起来，小心翼翼地走下了楼梯，小心翼翼地来到了街上……我们一行十个人站在街道旁，谁也不敢立刻过马路，我们吃得太多了，使我们走路都非常困难，我们怕自己走得太慢，会被街上快速行驶的汽车撞死。"

当我读到这一段的时候，总觉得我和老何当时就在余华身边。我们一同打着嗝，我们打的嗝有着五花八门的气味。那天晚上回到住的地方，谁都不敢抖老人粉，因为抖粉的行为会产生反刍，我们要及时躺下，以便让自己安息。

不知道老何还记不记得当年的王府井，她会不会因此觉得自己的形象是正面的，是伟大的。

赵善水

赵善水老师可能是我见过最有意思的老师了，细数武义一中的教师群体，无论耳闻还是眼见均无人能超乎其上。若以京剧艺名作喻，其他老师最多只是"小叫天"，而他则是"盖叫天"。

他具备这样一种功能：曾经在一中就读的学生只要提到他的名字，都会神采飞扬，如数家珍，一时热闹非凡，每个人都能提供关于赵老师的二三事，哪怕一个不健谈的人面对"赵善水"三个字也会两眼发亮，耳根竖起。

他还具备这样一种功能：如果让一群不同年龄的人相聚在一起，一旦有人提到武义一中提到了赵善水，那么彼此的距离就能拉得很近，他让大家找到了共同的话题。因为都是赵老师的学生，好比遇上了老熟人，虽然年龄不同，班级不同，只要话题一致，就有了共同的经历。

他更具备这样一种功能：讲课讲到兴奋处，眉飞色舞，手舞足蹈，表情丰富，语言生动，抑扬顿挫，是一粒响当当的铜豌豆。手舞足蹈，跟身轻如燕有关，他身形瘦削，步步生风，很容易就舞起来；语言生动跟出生地有关。赵善水老师原是福建闽侯人，1965年北京师范大学生物系毕业，本来要分配新疆的，只因他是班上最穷的学生，去了新疆可能就一辈子乌鲁木齐了，于是让他回了南方，浙江离福建总归近一点。他先是去了金华师范，后调入武义一中，从此他的福建乡音灌满了武义一中的每一个角落。

"DNA"，他说"DN那"，那个"那"是轻音，经他稍作改动，比"A"好听多了，不知道福建人是不是也都"DN那"的。讲到植物时，他老说"樱桃好吃树难栽"，不知为何总是挂念樱桃。有调皮的男孩逃他的课，这么精彩的课都逃，其实是他们跟他闹着玩。上课铃一响就有人开溜，他发现少了几位，就开始猫捉老鼠，整个追逐过程始终慈眉善目，如一帮孩子玩捉迷藏，他细数每一条走廊，最后将男孩围堵在厕所里，乖乖就范。这是我亲眼所见，当时男孩从我身边跑过冲向厕所，嘴角闪过一丝神秘的笑容，赵善水则在后面奋起直追。

可惜我没上过他的课，念完高二文理分科的时候，不慎选了文科，从此再也没有生物学，于是失之交臂。虽然有一点一失足成千古恨，但并不妨碍参与讨论并升华其人物形象，我跟他儿子是同学，是前后桌关系，这位儿子身上同样具备了父亲的许多神韵。当年儿子被称为"老赵"，也是一位神仙级别的人物。

老赵身材魁梧，大脑门招风耳，跟他父亲长相风格迥异，父亲"老老赵"更像深山修炼的道士。老赵每天都要用舌尖轻触上腭，发出一声响亮清脆的"得——"，这个发音全校驰名，能穿墙而过，隔墙都具震撼力，整个年级都知道老赵会口技。有一回学校突然断电，有人建议操场集合就动用他的特殊功能。

老赵每天随身携带一个小绿瓶，里面装着救命水，也就是风油精，他每天这里点点那里点点，如天女散花，就差当雪花膏抹遍全身。作为同班同学一直深受救命水的熏陶，特别是我，声声入耳，丝丝入鼻，抹在他身上刺激我头皮。风油精的主要成份为植物，是否跟他的父亲是生物老师有关？

老赵虎背熊腰，论身高应该坐最后一排，因为是教师子女，高一班主任偏心，将他安排在了好多比他矮的女同学前面，他荣升为第二排。我统计了下，他的一只耳朵就能挡住五个板书，脑袋部分就很难点清了，挡得太多了，数不清，还摇来晃去，坐他后面，等于盲人摸象。

他的座位也是"特制"的，因为学校离家近，就住一中分部，晚自习早自习他都是前三甲，进门第一件事就是"圈地运动"，他把自己的座位搞得像玉皇大帝的宝座，可以容纳下一头猪。后排的人到了学校就往前方征地，因为最后一排差点要坐墙上了。这样前后挤压命运最惨的人就是我，我的位置那是插翅难飞。有一回真把我给惹火了，我就拿脚一踹，把桌子推到老赵背上去。这一招果然灵验，他再也不敢欺负邻国了。

虽然老赵当年这般德性，但是不影响同窗友谊，因为他后来很懂事了，乖乖了，我们友好邦交了。一提起当年事老赵就双手抱拳，拱手相让，很有老老赵的风范。

自从上了文科班，就听理科班的同学对老老赵的课赞不绝口。有一位名叫王飞的同学，沉迷于老老赵的基因突变染色体遗传等问题，毅然决定报考医学院，至今他仍在妇保院解决人类的"DN那"。

他说老老赵用600分的热情上分值60的生物课，他被感动了。

我没去理科班说来也不要紧，后来我去了银行倒是经常能见上老老赵。他去银行领工资，他去银行存定期买国库券，都要找我。那时候他已经退休了，骑一辆28吋凤凰牌自行车，中间有道横杠，他上下车都有一身了得的轻功，忽上忽下，自行车停放自如，比周润发《卧虎藏龙》中站在竹海梢头还要稳当。

他来银行，手提鸟笼，存完钱就要赶往金华照料孙女，这时候老赵已经当爸爸了。而老老赵为了让下一代学好生物，带上一只鸟现身说法。为了能继续上生物课，退休后他十一年耕耘在高复班，每天都在备课，他的教案是准备最充分的，他的足迹踏遍金华、武义、永康、杭州，他在讲台上热情依旧。

好多时候是倒贴钱的，课时费还不够往返路费。有一位外地人在武义办高复班，至今仍拖欠老老赵工资，为了助其办学，老老赵又慷慨解囊借了他几万，工资和借款都如石沉大海杳无音信。

因为名字里有个"善"，就做了许许多多跟善良有关的事情。因为热爱，不计成本，跟生物学不离不弃。

那一年他每周往返金华武义数趟，一手抓孙女一手抓考生。那一年有人告诉我在金华武义公交车上认识了一位高人，一路上口若悬河，侃侃而谈，对自然界对环境提出了很有深度的看法。根据对方提供的线索，我断定那就是亲爱的赵善水老师。

"你是怎么知道的？" 对方用佩服的眼神盯着我，仿佛我也是一位武林高人。

就是这样一位"盖叫天"的武林高人，却差点被我遗忘。

一个多月前，高二班主任吴在同学群里发通知，武义一中将举办校庆，要建班级通讯录，还要联系"校友征文"。具体内容是这样的：请班主任向所带班级知名校友约稿……

他说约稿，我就想起了赵善水老师，虽然我不是他的门下弟子，没听过他一节课，但是耳闻加上目睹已是不凡。可是一看"知名校友"，心里就有些发毛，我不好意思地说那您还是联系知名校友吧。我一不"知名"，二也不可能"知名"，不符合征文条件。

说罢，内心忽然涌出一丝歉疚。难道就因此放弃老老赵不写了吗？我不"知名"，他"知名"。还是决定写，不为校庆，不为征文，不为知名，只为这一粒煮不烂捶不扁的响当当的铜豌豆。

亲爱的老赖

亲爱的老赖，于2023年1月5日，小寒这一天，驾鹤西去。

如果真有一只鹤伴他西行，那一定是世间最美的鹤，因为老赖喜爱美好的事物。如果说这世上还有什么让他留恋的话，那也一定是对美的追求，以及未尽的遗憾。

我是什么时候认识老赖的，现在想回去，大概是十多年前，吴维康老师在印象熟溪的一次请客。吴老师过一段时间就会请客，每回请客必钦点老赖。这时候的老赖，骑一辆电瓶车，穿越大半个县城，准时到达请客地点。如果是冬天，他的脖子上会绕一条橘红的羊绒围巾，看上去暖暖的，为冬日的街头添了几分明亮。

他慢悠悠地在吴老师身边坐下，酒席过半，不慌不忙地抽出一支烟，点上，然后在一圈又一圈的烟雾里，笑眯眯地听一桌人讲东讲西，扯天扯地。他很少插话，也不对人评头论足。真要论了，看见的还是人家的好。有一回大家都在数落鼎公的陋习，老赖不慌不忙地说了句，鼎公的古文功底是全县教师队伍里最好的，让人肃然起敬。

老赖爱抽烟，坐他一旁的吴老师既不抽烟，也不喜欢呛人的烟味。当老赖抽烟抽到一定的数量，吴老师的容忍上升到了一定的高度，就要请老赖去外面抽。吴老师说得很认真，用义乌廿三里的普通话客气地告知老赖，可以抽完再回来。这时候的老赖赔着笑，像是早已有所准备，不慌不忙地离开座位，在走廊抽上一会儿。每回请客，老赖都是那个中途犯错的小学生，被"请出去"抽烟的人，而他的态度始终谦和，从不发怒。老赖和吴老师是多年的老朋友，退休前同在教育局上班，对抽烟这件事早已达成了默契。

他们俩退休后的生活，也是一文一武。吴老师扛着相机满世界跑，老赖足不出户在古今中外的书本里游。吴老师跑出一本又一本摄影集，老赖为他撰文《妙哉　维乐维康》：

老吴天生一副弥勒佛的形象，平时也总是笑呵呵的，工作又肯动脑筋，出高招。他退休前是教育局的工会主席，他当工会主席绝对是最佳人选。教育局里书呆子太多，要搁在往常，空气就有点儿沉闷。自老吴当了工会主席后，"书呆子"就成了"狂夫子"。

……

有的人退休之后总若有所失，总会觉得手脚都没地方摆放，于是连身体也会慢慢垮下来。老吴就不是这样，到了人生的转折点，他总是会有新的追求，总能找到激活生命的所在。老吴从离岗退养，再退休，至今已第六个年头。这二千多个日子里，他每天都是活得有滋有味，每天都是干得有声有色。这几年他到过西欧十国、东南亚三国、澳洲二国、非洲二国等，他还将去美洲多国哩。旅游中他不仅拍摄了不少好照片，还尝试了不少未曾经历过的事，诸如深海潜水、乘坐疯狂过山车，还进过荷兰红灯区等。事业成绩也不菲，他已出版了七八本挂历、周历、相册。由世界图书出版社出版的《郭洞 俞源》向全世界各国发行。上海人民美术出版社出版的《武义风景线》画册是他主编和摄影的精美地方文化礼品书，一书一盒。他担任县摄影家协会秘书长期间，县摄影家协会也搞得红红火火，吸引了许多人想加入该协会。吴维康现任县摄影家协会副主席，他是浙江省摄影家协会会员，也是中国摄影家协会会员。其中，被吸收为国家级摄影家协会会员，还是退养之后的事。

妙哉，维乐维康！

为人若斯，不亦乐乎！

老赖写起文章来是眉飞色舞，跟平日的寡言少语相比又是另一番模样。他是个极低调的书法家、辞赋家，常为庙宇祠堂亭廊撰联或书写，每收到一笔润格，就开始打电话张罗晚饭。请客的地点通常在畲香楼，也必钦点吴维康、老庙、朱连法、包剑萍、唐桓臻等一众文友，而我不知从什么时候开始入了他的钦点名单。有一回我去得晚，他特意为我加菜。那回听包剑萍老师说，老赖是为白阳山下的阮侯庙题了字。不知道的人以为那是轻轻松松一挥而就的事。其实，老赖这些年的润格几乎都是登高所获。年近八旬的老赖上高凳，爬梯子，登脚手架，在圆柱或墙上边写边擦，防着墨迹不时顺流而下。这些，他从未提过半个字。每回请客，他自己不怎么动筷子，却点上满满一桌菜，他不喝酒，只抽烟，听一桌人高谈阔论，像个认真听课的小学生。酒桌上，老赖是最好的听众。

我有记事的习惯。在我的记事本上，老赖最后一次请客是2021年11月22日，还是畲香楼，内容如下：老赖请客畲香楼，有包剑萍、朱连法、徐秋云、吴维康、老庙、芳芳、王红艳、吴浩、许刚、老邬、徐战友（老赖的战友）、泉三村眉毛似张飞的人（不知此人姓名，只记得眉毛很特别）。结账的时候，共800元，老邬嫌贵，找老板娘还价，因他点了一瓶四特酒，有些过意不去。最后老赖微信支付750元。

因为老赖，我喜欢去党校，隔一阵子打老赖电话，去党校找他。老赖的办公室里有一柜子的书，收拾得整整齐齐棱角分明，有浙江古籍出版社全套十六册的《吕祖谦全集》，也有多年不断档的《文史知识》。刚好我也有订《文史知识》的习惯，老赖说这本杂志不错，但他最满意的还是从孔夫子旧书网上淘的《吕祖谦全集》。老赖退休后，去过党史办、县志办，后来又去了地处党校的明招文化研究院。党校门前有一段上坡，每天老赖都是骑电瓶车走这段路的。他写稿，不喜约束，用的是格子纸的反面，写起字来也是"一行白鹭上青天"，连那一排排的字走的也是上坡。老赖年轻时上过千丈岩，千丈岩上炼红心，他是八名敢闯队的队员之一，向荒山进军的人。年轻时的他仅凭一架梯子，一根绳子，一支笔，将绳子绑住梯子，悬空于崖壁写下"千丈岩上炼红心"。千丈岩的故事上过语文课本，他这一生，走的都是上坡路，他总是不断挑战新的海拔和高度。

每年春节前，有那么几天，老赖在办公室写春联，写福字，办公室的大门敞开着，飘着墨香的福字从办公室一路铺开到走廊，此项活动也叫"老赖送福"。这个时候只要路过，准能蹭上。老赖对这一切早已心照不宣，备好了纸，备好了墨，备好了福，坐等领"福"的人。老赖还在走廊里种兰花、碗莲和月季，每一朵都长得特别好看，花儿开得自在，开得坦荡，让人有常往党校跑的冲动。一阵子没去，不知道哪朵花又开了。老赖种的月季，开着澄黄的花，一阵风吹过，颤微微的花瓣将坠未坠。办公室的走廊，因为他的精心呵护，总能与美好的事物不期而遇。隔壁包剑萍老师的办公室，风格就与老赖不同，包老师对绿萝情有独钟，绿萝长势如爬山虎，把长长的日光灯管缠来绕去，也是百转千回，荡气回肠。

我不但蹭春联，蹭福字，还请老赖写了幅字挂在书房，那是北宋唐庚的《醉眠》——"山静似太古，日长如小年。"这样的字最适合老赖来写。从此老赖在我的书房，占了重要的一席之地。他在我的书柜也同样有一席之地，县志、政协志、财税志、教育志、村志等等，编辑、序言、后记，翻来翻去，都能见上老赖的名字。

东晋阮孚归隐于明招山，老赖将自己隐于图书馆。县图书馆的三楼，地方文献室，是老赖的"隐居之地"。我翻阅过其中的部分文献，金皮村志、董源坑村志、金桥（软朝）村志、白燕湾村志、叶棋村志，《萤乡蒙难暨抗战实录》、《萤乡抗战记忆》、《刘耀勋传略》、《中共浙江省武义县组织史资料》（第三卷）、明招文化专辑叶一苇系列等，还有那些时光深处的宗谱。纵横捭阖，追根溯源，都是老赖退休后走过的一段又一段上坡路。

老赖赠我书法，还给我的文章打赏。我在公众号推出文章，他细读之，轻点手指打上一笔不小的赏金。有一回发他微信：不可如此破费。他却说：生花妙笔，妙笔生花，得精神滋养多矣，几元钱不值一提。有时我想变换一下风格，最好让人瞧不出作者是谁，于是换个名字发表。他又将文章推给我看，让我一道欣赏。当知我即作者时，老赖在微信那头写下评语：大作颇多女杰气息！

老赖还送我一支胶水，那是他从淘宝上买的。他爱淘书，也爱淘宝，经常买一些小家电小东西。老赖声称这一小瓶胶水比502还管用，他买了一些，顺便送我一支。就是这支小小的胶水，牢牢地粘住了我们的友谊。那天我们开玩笑似的约定，以后见面要来点仪式感，不妨拥抱一下对方。就在那个秋天的下午，当着包剑萍老师等人的面，我们孩子似的拥抱了，老赖乐呵呵的，像个圣诞老爷爷。这是我们的第一次拥抱，也是最后一次。

2022年春节后不久，给老赖打电话，想去党校看他。他却在电话里轻描淡写地告诉我，他生癌了，正住院治疗。这突如其来的消息让我不知该如何继续说下去，反倒是老赖用他的从容和坦然安慰了我。他正在轻松面对那个"必然会降临的节日"，千丈岩上的那颗红心，已悄悄做好了准备。

他同样以从容的口吻给臻剑法（唐桓臻、包剑萍、朱连法）三友发微信：医生告诉我，我的肿瘤属最易治的一种，不需开刀，不需化疗，服药即有治愈可能，近日可出院。

于是我们都认为，老赖很快就会出院的，说不定哪天他就像一阵风似的回到我们身边，给我们一个惊喜。但这一阵风，却越吹越远，一晃就是数月。

2022年8月，老赖转回武义第一人民医院治疗。8月19日，几位文友约好了一起去医院看望他。因为疫情，我们无法共同前往，分成三小组，提前一天做了核酸，分别联系认识的医生带入住院部。老邬最着急，他是早上8点和程庆仲组成的第一梯队；我和吴维康老师9点到的住院部，是第二梯队；老庙、徐秋云、朱文宝三人，因核酸报告下午才出，他们是下午三点的第三梯队。

住院部十一楼，呼吸内科，这时候的老赖，简称"10床"。他跟我们一一握手，叙旧，关于病痛他只字不提，脸上、腿上已略显浮肿。不敢跟他说太久的话，怕他累着。

多年来，早已习惯在每一个清晨，准时收到老赖的早安，有时是一段问候，有时是一张美图，美图自然会有美女。好多人对此有非议，认为谦谦君子不该谈色。谈色者，非君子也。可细细想来，对美的追求是合乎人的天性或天道的，若再深入，中国人格深处的根基是什么？如果可以一言以蔽之，可以曰"诚"，真诚，坦荡，开诚布公。每天清晨的问候，是老赖对生活本真朴素的热爱，是他追求美好的心路历程。如果爱美也是一种罪，那这世上的罪将何其多。

老赖，名耀卿，字培俊。论辈分，他是我的父辈；论学养，他是我的老师；

论文笔，我跟他相比何止是稍逊一筹，但是我更愿意叫他一声老赖。老赖，意味着平起平坐，意味着文人间的惺惺相惜。

老赖的老家在董源坑，董源坑有千丈岩。千丈岩，也叫天上岩，是武义江的源头。从命理学的角度，出生地的地理环境与一个人的命运休戚相关，这让他与生俱来就拥有了与众不同的海拔和高度。他谦逊，随和，思虑深远，2013年主笔董源坑村志，不忘在后记中提醒后人：

> 现在书是编好了，心上的石头也搬掉了，也基本上可以告慰同村各姓的列祖列宗了，也算为创村308年的董源坑留下一份历史纪录，只是由于水平有限，缺失和错误之处也在所难免，纠错和续编的责任要由下一代来承担了。

他的文字，有着流水般的清澈、透亮、明快，天然去雕饰，也无凿痕，他用老百姓看得懂的语言记载村史，记录民间传说，用幽默而亲切的笔法收集人间的喜怒哀乐。他不是板着一副严肃的面孔去写的，这样的村史村志老百姓看得懂，也爱看。

他对自己的简介却惜字如金，只有一小行字：赖耀卿，教师，退休公务员，《武义县志》编辑。

早在上世纪90年代初，老赖开始研究吕祖谦，写下第一篇学术论文——《吕祖谦教育思想管窥》，尽管他走在了学术研究的前列，却从不吹嘘，也不邀功，不为自己讲一句漂亮的话，一点一滴地做着实实在在的事。他在《叶一苇的家国情怀赞》中写道：

时至今日，朱熹的理学乃至"三纲"，已处于日薄西山的状态；王阳明的心学，确实博大精深，但在学理的阐述上过于艰深，"阳春白雪，和者盖寡"。且从唯物论的角度看，其科学性尚需深入讨论；而史学总归要与人类共存亡。至今海峡两岸的中华明招文化研讨会已开过三届，好像也只是开了个头，今后的路正长。如果能坚持不懈，理论的研讨，社会的改良，相辅相成，齐头并进，那么庶几可达"为天地立心，为生民立命，为往圣继绝学，为万世开太平"的愿景。

他编纂《萤乡蒙难暨抗战实录》，自言"编纂过程可谓伤心折寿：入侵日军行为暴虐，武义军民蒙难凄惨，血海深仇难以昭雪，战争赔偿未得分文，再加二战前后两国政经对比，啼笑皆非，酸痛堵心"。

他呼吁为麻田村28位抗日阵亡将士建烈士陵园。2016年，参加第六届书院传统和未来发展论坛，发言中几度哽咽：

我们最不应该忘记的是几百万殉身战场的忠烈。可是大多忠烈，尸骨无存，慈母倚门望归，直至老死，不见其踪。这又是怎样的一种悲苦啊！就义理而言，几百万忠烈，抗战胜利后总该得到抚恤，总该得到荣誉。可是抗战结束，又陷入内战，于是几百万忠烈的英魂依然飘荡在五湖四海上空，至今不得归宁！我在今年，建议家乡父老，将已然查实的6位忠烈姓名，刻在立于村庄公墓旁边的纪念碑上，落款是董源坑村父老乡亲敬立……

他的文字从来都不是四平八稳，无病呻吟，不痛不痒，人云亦云。他爬过的山，攀过的岩，读过的书，潜移默化中，塑造了他的灵魂。

人过留名，雁过留声，老赖在人间留下的是痕迹。履三村绮梅亭、大红岩晋睦亭、迎驾亭，清溪环翠亭，大公山思源亭，石门峡青龙亭，马口莲园朗月亭，金丝村清泉廊，五登村五登廊，牛头山下田清心廊，大红岩霞光阁，履坦叶长开埠阁，章溪红军桥，以及和阳坑邹氏宗祠、和尚寮赖氏宗祠、麻田罗氏宗祠、金丝村何氏祖厅、白阳山阮侯庙、夏加畈庆云寺、下雪村下雪殿、牛头山天师殿、泉溪建中堂、五登丰乐台、郭洞回龙桥等等，山水之间都有他的联语、碑记、书法。有些痕迹不留名，照样熏陶后人。

这是老赖开辟的一条人文底蕴深厚的寻踪之旅，也是他隐姓埋名的一种方式，他走过的路，他带我们去看看。

只是在他生前，多数文章都没有公开发表。如今，逝者沉默，作品在替他说话。

和老赖交往的一切，我不能忘记，同别人谈起来，我总是说：老赖，多好的人哪，我会时常惦念他！

（本文的缘起，是与邬浩良老师共同回忆老赖生前的点滴。在写作过程中，朱连法老师提供了楹联书法等资料，包剑萍老师提供了珍贵的照片，还有老庙、吴维康、潘国文、罗斯夫、林关根、陈祖南等老师的帮助，感谢他们！）

那个月亮

你和父亲去河边，有一回是去钓鱼，有一回是去散步。

其实钓鱼也不止一次，有时是空手而归，有时是带回几尾小溪鱼。那些小溪鱼，有些能叫出名字来，有些连父亲也不认识。不知道是哪一天，你们走在回来的路上，河边开满了金银花。

这些说来都是简单的经历，也是被浓缩的故事。有一天它们被装进酒窖里，在偶然的时刻被取出来。取出它们的时候，会被整合，被加工，被改造，被重组；还有一部分仍在酣睡中，等待下一次的激活与唤醒。

从某种意义上来说，一个写作者所记录的文字都是沉船打捞之物，这些偶然发生的事件与某一天的文字存在着千丝万缕的关系。

在写作过程中，作者完成的只是对记忆碎片的温习，将新与旧、现实与过往融为一体的梳理，它是一种特殊的言说。

可以说，一个人只要有记忆储存，就有可能具备写作的能力。那只是培养他追溯往事的无与伦比的好奇心，当下发生的一切都将成回忆，都有可能被打捞，成为某一篇章的某一段。

写作的经历，便是学会储存和动用回忆。另外，还可能会动用他人的回忆。

他说，你说，你一言，我一语，茶余饭后的一切都会被记录在案。你会聊天，聊着聊着，有趣的话题会被留下来，待到将用时，抽出其中的一丝一缕，那么就不再是一个人的言说，而是一个群体的演绎了。

大约20多年前，上高中，有一回全班同学被班主任拉出去看月亮，是中秋节的月亮。老师大概是想让我们陪他望月抒怀，产生思古之幽情，所以选择了中秋，而不是任意的一个夜晚。其实月亮在任何时候都是同一轮，并没有变。如果遇上不解风情者，见到的自然是科学老师眼中的，而不是李白抒情过，张若虚喟叹过，苏轼对酒过，唐诗宋词里无数次出现过的诗情画意的月亮。

老师想指点我们仰望的，无非是希望月光下的你，看到那个所有诗人对月亮的比喻、隐喻、象征和记忆的结合体，它可以勾连起历史的碎片。从今往后，当我们再次抬头仰望星空，就是带着过去的经验与感悟去看，看到无数人笔下，充满了人文体验，感时伤怀的那轮。

那么，当你再次提笔触及月亮的时候，自然就会流露出那个以月亮为代表的综合体，它已不知不觉成了"名胜""古迹"。

最初第一个抬头仰望月亮的人，大概就像是第一个吃螃蟹的人，不知他当初会有何想法，但可以肯定的是他怀里揣的不是苏轼的，也不是李白的，是没有任何古往今来文字修饰的，是他内心独白的那轮月亮。还有一种可能性，他只是借着月光走了一小段路，急着回屋，或者他根本就没有仰望。忘了月亮的存在，也有可能。

我们是否可以说，今人看见的月亮，不是银河系的那轮，是经点评的，永恒的，不断被创造的月亮呢？

恐怕连月亮都不知道，它在地球上有那么多的知音。知音的存在，赋予了它不同的涵义，"意义"是一个作者始终追求的东西。假如这个作者痛苦，他更多看见伤怀的月光；假如他刚好经历了一段喜剧的人生，他看见的是天庭的柔和与恬淡；假如他无所事事，也许看见的就是一个闲置的窗。而这一切都被此时此刻月亮底下唯一的读者所思与所想。

七月十五的秘密

农历七月十五，也叫七月半，可以悄悄想念一下亡故的人。

几乎每一位亡故的亲人，都会在梦里与你相见，传说这种相见，最好是相对无言。

小时候梦见逝去的亲人，第二天便急着把梦里的一切张罗出去，未经言语传递的梦很快就会被遗忘。每当说起这些，家里人会围住你，借此知道亲人在另一个世界的消息。他们会问，说过话没有。老人会警告：记得不要在梦里跟死去的人讲话。

可是，好不容易见面怎能不说上几句。梦归梦，梦里又如何记得现实中的叮咛。我更相信梦是通灵的，是从另一个世界捎回来的消息。后来我选择了将梦隐藏，将发生过的一切像一块砖砌进墙里，像保管石头一样保管着秘密。

梦见过爷爷好多回，他是给了我姓氏的老人，他在世的时候几乎没有跟我说过话，他更乐意跟男孩说上几句。在梦里，我们还是没有说话，哪怕我拼命想找寻一些蛛丝马迹，也没有一个字能停留在漏风的墙上，他的声音到底是怎样的？无论在梦境与现实中我都无法想起，只要他说过就能留下些什么。

他从我面前经过，好像不认识我的样子。他在木板楼里来回走动，那些家具上没有留下他的话语，哪怕是评论它们是否跟从前一样。他只是回一趟家，从一个房间走到另一个房间，串个门，他更关心的是房子在不在，而不是你。他一转身，就走了。在梦里，爷爷从来都不是一个逝者的形象，我也忘了他早已离开这回事。

后来他离我越来越远，梦里相见的次数越来越少，到最后彻底失去了音信。我开始相信宗教的轮回，爷爷大概早已转世，开始了下一场命运的安排，说不定他正以孩童的形象出现在另一处地方，也许我们见过面，只是彼此不认识。

所有逝去的亲人，他们会排着队，从梦里出发与你相见。

他们都遵循同样的规律，离你越来越远，梦里相见越来越稀。

现在的梦多留给父亲。去年秋天，父亲走后，我们开始在梦里穿梭见面，他遵守阴阳相隔的约定，从不跟我开口说话。

在梦里，我们一道出门，坐公交车，他下了车，我却还在车上，他一定是偷偷下车的，我一转身，他已出现在站台，想喊他回来却喊不出声，我们就这样渐行渐远。此行的目的，他早已清楚，他先到达终点，而我还要继续。

父亲走后，不但是我梦见了，好多人都梦见了，连他种的蔷薇也梦见了。他一定是跟蔷薇说了些什么，他走后蔷薇开得热闹非凡，每一朵都能开到天上去。当路人经过那几株蔷薇的时候都会说，如果你爸在，看到这些，该多好。

他跟蔷薇见面，还跟菊花、鸡冠花、香椿树、蜡梅一一见面，跟所有的植物见面。它们都听他的话。

除了花花草草，他的小制作小发明也是无处不在，在每个角落里温暖体恤着我们。从前他拿废弃的塑料牛奶瓶，剪开半个，带手柄的那半个留下舀水，舀一次正好浇够一盆花。

他是发明家，如果早出生一百年，大概就会是爱迪生。他亲手做的雨伞挂钩至今还在，雨伞仍像从前那样摆放得整整齐齐。他舍不得丢弃每一样小东西，让它们重新获得生命。只是他对自己的生命有点无能为力。

他把每一天都过得井然有序，写日记。尽管看上去像是小学生作文，多是流水账，张三李四，见了谁，和谁通电话，跟谁一起搓麻将，输赢多少，他把一生的鸡零狗碎都交给了笔记本。他走后，我开始写日记，替他完成未完的日子，学会跟每一天打交道。

他悄悄把后来的日子都打发给了我，我接过那些日子，帮他过下去。我们心有灵犀。

唯一遗憾的是，他没有在梦里肯定我为他所做的一切，也许是有一丝表扬的念头，但他选择了将语言隐藏，像保管石头一样保管着秘密。他不开口说话。

父亲走后，这是我们见面的唯一方式。由于期待相见，我喜欢上了做梦，哪怕梦醒的时候，什么也没有发生，还会有下一个梦在等待。

传说每到农历的七月，地狱的门会打开，所有的灵魂会被释放，过完七月再回去。可是七月的每一天，都没能梦见父亲，细数他已好久没有在梦里出现。去问通灵的人，说他一切都好，不必惦念。这是他让捎回的话，也是他唯一说过的话。父亲本就寡言少语，用字精简，如他的日记，把每一天过得如故事梗概。

想来想去，大概他也准备在梦里悄悄离去，留给我百转千回的甜蜜。

十一岁那年

11岁那年，我冒充当时的县委书记李成昌给粮食局幼儿园写了封信。

为以假乱真，让自己的笔迹接近于成年人，打完草稿后我反复抄写了好多遍。我想，字如其人，虽然我没有见过李成昌，只能靠哥德巴赫猜想想象一下，但这并不妨碍我从字迹上进行模仿。李成昌，说不定会有点盛气凌人，因为全县人民的事情都由他说了算；也可能是儒雅的一介书生，彬彬有礼；当然不排除一口地道方言连开会做报告都不讲普通话的土八路……我一边想象着县委书记的模样，一边尝试不同风格的字体，为自己的足智多谋暗自得意。

最令我满意的是其中一张娟秀的字体，那是我有史以来堪称上乘的书法作品，虽然秀气但很老练。我把墨宝毫不犹豫"寄"了出去，准确说是塞进了幼儿园的门缝，当信封的最后一个角钻进门缝再也无法取回时我就开始后悔，心里忐忑不安：那封信有点女里女气，如果那是县委书记的笔迹，很可能对方会认为是女的，而李成昌是男的。万一被李成昌同志知道了怎么办？他会不会找我？

这时我才意识到问题的严重性，撒腿就跑。

最后一个角钻进门缝没几分钟，幼儿园老师就读到了"县委书记"的来信，一口断定那封信是我写的。她冲进我家，把信交给了我母亲，觉得不过瘾，还即兴发挥将信从头至尾当着全家人的面声情并茂朗读了一遍，以此羞辱我的家人，她夸大其词添油加醋，把我的行为定性为反革命。此时"文化大革命"虽早已结束，但阴云仍然笼罩着。她指控我小小年纪竟敢冒充县领导，长大后又将如何，对我的将来展开了充分的想象。最后，她得意地摆着肥硕的屁股扬长而去，而我遭遇了史无前例的一顿痛打，那是夏天，四肢裸露在外，母亲亲自动手左右开弓一揞一个准，满身乌青的我像条莫名受伤的斑点狗。

我为自己鸣不平，当年学校老师让我们写作文，都要用上"假如我是市长"的命题，为什么我只是去掉了"假如"就被扣上了反革命的帽子，而且我写信也是出于好意，是为了让二轻局宿舍的孩子们都能进入粮食局幼儿园玩滑滑梯、跷跷板和秋千。

二轻局宿舍的对面就是粮食局幼儿园，幼儿园偌大却没有几个学生，可是他们有多少孩子都羡慕的室外游乐场，虽说那些设施风吹日晒早就长满了铁锈，有时候滑滑梯一溜下来，后背的衣服都能变成另一种颜色，但是哪个孩子不会对它们着迷呢？锈迹斑斑的秋千架意义重大，它相当于后来的迪斯尼乐园，是孩子们的天堂。

要知道我们上幼儿园的时候什么玩的都没有，老师一天到晚让我们丢手绢，连手绢丢脏了都不换，后来只要唱起《丢手绢》的歌，一屋子都是有气无力的声音，像丢了魂似的。而这个时候，粮食局幼儿园好像是专门为弥补我们的童年来的，那扇敞开的锈迹斑斑的大门召唤着我们。它从前是天蓝色的油漆大门，后来稀稀拉拉成了铁红色，不像幼儿园的样子，如果不是我的记忆里藏着这些，几乎没有人知道它从前长啥样。但是这些都可以忽略不计，重要的是我们在秋千上荡啊荡，闭上眼睛，享受着真正的童年滋味。

真正的童年来了……

童年，怎么少得了秋千、滑滑梯和跷跷板呢？

当我们沉浸在童年里，飘啊荡啊时，那位摆着肥硕屁股的幼儿园老师出现了，她拥有傲人的曲线，她面对我们的时候挺足了胸膛，像即将开弓的箭。她将我们这些外来侵略者驱逐出境，发出严重警告：从此再也不许踏入粮食局幼儿园半步。后来我在文章中读到的"裹足不入秦"，正是当年情景。

我因此气愤填膺，动了冒充县委书记李成昌同志的念头，希望借李成昌之名恢复我们进出幼儿园的自由。"李成昌"在信中明确告诉那位老师：今收到几位小学生投诉，关于您不让孩子们进入幼儿园玩耍，希望将来幼儿园对所有的孩子都开放，让他们可以自由自在地玩跷跷板、滑滑梯和秋千。

就这样，一锤定音。

最后，为练好落款"李成昌"三个字，我精心设计了多款签名，这些事李成昌压根都不知道。在做这件事的时候我谁也没告诉，只有天知地知，连宿舍楼里的小伙伴全都瞒着，我想给他们一个惊喜。

当然东窗事发后，我也给了他们一个惊喜。小伙伴们看着我满身乌青很过意不去，他们眼里含着泪，从家里偷偷带给我饼干吃，对我的行为表示同情，最终我们都没能重新回到幼儿园的秋千架上。

自从收到了"县委书记"的来信，幼儿园加强了管理，不仅大门关上了，还挂上一把大锁，连进进出出都改走边门。

这件事，想必李成昌同志至今仍蒙在鼓里，我可能是有史以来唯一冒充过他的小学生。但让我一直困惑的是：当年那么多孩子溜进去玩，凭什么一眼看出那封信是我写的，难道是因为我天生气度不凡？

包罗和天罗

小时候分不清玉米和丝瓜，它们在方言里有两个很惊人的名字，一个叫"包罗"，一个叫"天罗"。

包罗，是包罗万象；天罗，乃天罗地网。两样很平常的东西，经方言包装，就成了大气象。

小时候爱吃"包罗"，一排排咬下去，像吹口风琴。那时口齿不清，明明心里想着"包罗"，脱口而出却成了"天罗"，这段历史被爸爸一直笑话。那是三岁以前的事了，但他只要看见"包罗""天罗"，就会重提旧事。

小时候将它们混淆的主要原因，不但是读音上的情同姐妹，还在于它们都是同一季节的蔬菜，同时登台亮相，菜价便宜，餐桌上频频出现，小孩子怎么辨得清。

包罗，原来只有一种黄的，后来衍生出许多品种，糯米的，甜的，黑糯杂交的。菜市场上卖包罗的小主总是很威风，面前堆着一座小山，除了一些小商贩，卖包罗的大声吆喝，好像布下了一张天罗地网。

那些天罗们呢，此刻躲在角落里，正和番茄黄瓜躺在一块，不声不响。

菜市场里有好几家卖包罗的小主，都是自产自销，我买包罗经常会去参考他们的年龄。比方说七十老叟和中年妇女毗邻，我就去老叟的摊前，眷顾一下他的生意，让他早点卖完面前这座小山，可以回家享一享天伦。不过可能他并不解风情，回家还是先眷顾着菜地，准备第二天的包罗。

但那老叟的包罗实在跟他的年龄一般老，比中年妇女的还要贵上几毛，这时有点悔不当初了。

转念一想，做了对方不知道的善事，心中会有窃喜。积善成德，积小小的善，和看不见的德。

这种窃喜，很多时候会带回连着几日吃卷心菜的遭遇。本来只想挑一个的，老奶奶说她要回家了，成全她吧，于是就把一堆小不零丁的全带走了，接连吃了好多天。

后来菜场重逢，老奶奶十分客气，一定要捎上些香葱香菜，还过去的人情。这菜市场逛久了，是有人情的。

如我等偶尔逛菜场，人情就体现在摊主冲你打招呼，都不好意思不上他家去买，最多人家只是觉得你眼熟。而像我母亲这种三百六十五天，天天逛的，则会交上菜场的朋友，有时还会上朋友家串门，带回一些自留的稀有品种。

比如菜卤汁，拿来卤毛芋和竹笋特别鲜香，后来卤汁就由他家友情赞助，这是有几十年的交情的。那卤汁当然也不是寻常的卤汁，被母亲经常点赞，每回都要追根溯源提一提老朋友的芳名。

后来这位亲爱的朋友不当菜农了，在家享子孙满堂的清福了，两家还是照例逢年过节互通有无，感情如菜卤的汁，还是那味道，不会淡去。

头脑里念着这一段陈年芝麻的故事再去菜市场，觉得他们多少都有菜卤汁的影子，都是值得交往的朋友。只是我去得少，每回都匆匆，无法深入。

菜场也先进了。卖猪肉的摊前，挂一块二维码，扫一扫直接付款，不用零钱掏来掏去，不用接过沾着猪肉碎末油亮的硬币。走过对面那一家的时候，真想提醒他，在那猪头上方悬一块二维码，让猪一抬头就能瞧见。

如果什么菜的边上都悬一块二维码，会少去掏硬币的机会，也少去许多交往的理由，少了那些闲聊，就少了友情赞助的菜卤汁。

喇叭裤　萝卜裤

　　微信群里聊天，不知怎么就聊到唱歌这件事上，于是挖出了当年的歌星陈同学。当年他的歌唱得极好，也是最有希望成为歌星的，可惜那时候没有星探……

　　他手上有个歌本，密密麻麻抄着那些年日积月累学的歌，粤语国语英语都有，最拿手的就是郑智化的《水手》，我们一度认为他比郑智化唱得还要好。好就好在有一回体育课，他从跳马上凌空翻了过去……于是落地时一条腿啪嗒断了。可能是唱郑智化的歌唱多了，陈同学真的成了郑智化，他开始挂着拐杖唱，"他说风雨中这点痛算什么，擦干泪不要问为什么……"。

　　还好那时教室就在一楼，但是每天回寝室爬上铺得有人帮忙，陈同学从此像个残疾人，不能在操场上生龙活虎，长达数月之久。接着就是期中考试，为防止作弊，那一年要交换场地，安排考务的老师忘了断腿一事，把他安排到了二楼，气得他拿拐杖拼命敲桌子。

　　跳马无论对男女生都是个相当危险的项目，好多女孩的喇叭裤就是在那个节骨眼上裂开的。一节体育课下来，女同学纷纷落马，捂着屁股回教室。一整天她们哪也不去，乖乖坐在位置上纹丝不动，放学也要等到整个学校的人差不多都走了才敢动身，还要找一个闺蜜帮忙挡住。

几乎所有穿过喇叭裤的女生都碰上过这样尴尬的经历。

那时候的化纤面料实在太差，接缝处只要动作幅度稍大就出状况。现在想回去非常不明白，为什么就那么流行喇叭裤？把所有人的屁股都勒得像两片小南瓜，不给一丝成长的余地，再加上面料质地，铁了心要让所有热爱它的女孩难堪；那时候的体育老师也是铁了心，从不提前通知，说跳就跳，到了操场上就搬出一只跳箱来。

你会看到操场上出现一群可怜的小鸭子，小心翼翼地助跑，像小鸡那样细碎的步伐来到跳箱前，无论她们鼓足多少勇气到了关键时刻还是得英勇牺牲，操场上发出"啪——"的一声巨响，所有人都朝着那一声惊雷看过去，包括其他年级其他班的。唉，真是可怜那些年的女孩子！不过话说回来那时候能穿得出去的裤子也真的不多，除了喇叭裤还是喇叭裤，就那么两三条换来洗去，裁缝师傅无论拿到什么面料，都给你做成喇叭状，好像不做喇叭裤就对不起自己的手艺。

要怪就怪挡不住喇叭裤的诱惑。

后来喇叭裤败下阵来，萝卜裤登上历史舞台，于是校园里的风景开始混搭：喇叭裤跟喇叭裤走在一起，萝卜裤跟萝卜裤一路生风，喇叭裤跟萝卜裤之间，有一点老死不相往来……

萝卜裤的出现可能是1989年，跟当时的流行音乐有关。1989年音乐片《潮——来自台湾的歌》出现在中央电视台的频道上，其中就有三个男孩组成的"小虎队"，他们穿着白衬衫背带阔腿裤，引领了当时的潮流。第一回看见三个男孩在电视里蹦来跳去，唱来唱去，特别稀罕，校园里走过路过都能听见"小虎队"三个字。三个男孩在MTV里赤手空拳的样子迷倒了一大帮女生，有人喜欢霹雳虎，有人喜欢小帅虎，有人喜欢乖乖虎，各有所爱。我喜欢的是霹雳虎。

那时候不知道小虎队就是在校园里没有了谈资。就在昨天，我又上网重新翻出了《潮》，边听边想起喇叭裤，无限感慨。镜头中的小虎队怎么可以穿喇叭裤呢？他们只能穿萝卜裤。如果让他们穿喇叭裤，那么尴尬的就是他们了。现在回看当时所有的MTV，扫尾动作可以总结出一条规律来：不是空手翻就是摆出一个酷酷的三人造型。直到2010年，人到中年的小虎队重新登上了春晚舞台，又唤回了好多人对他们的怀念，可惜这个时候他们跳不动了，于是三个人六只手不停地比画来比画去，隔了20多年，身影已不再矫健。小虎队发福了。

　　《潮》让我们真正见识并热爱上了港台流行音乐，也让女同学的屁股从此得到解放。

"三角梅"

我不知道他叫什么名字，他的名片就立在一大片花海的中央，一块木牌子，上面写着此处有卖三角梅和联系方式，拨通电话的瞬间我便喊他"三角梅"。

说来我的手机里就藏了一大堆没有名字却类似这样的电话号码：菜场缝纫、沙发翻新、搞卫生、洗衣机清洗、卷拉门、上门收废品、开锁、天下画仓、投影仪、浴霸等等，涉及三百六十行，使用起来十分方便。

"三角梅"是他的名片，也是他的名字。

从此我的通讯录里多了一个"三角梅"。

就像陶渊明的桃花源只有桃花，脚下的这片土地只种三角梅。"忽逢'三角梅'，夹岸数百步，中无杂树，芳草鲜美，落英缤纷。"美丽得让人不忍践踏，如果让陶渊明遇上的话，说不定就不是《桃花源记》，而是《三角梅记》了。

三角梅脚下的这片土地，名为仙桥，在金华的东北面。如果可以继续将话题延展下去的话，仙桥，就是神仙走过的桥吧。

那天去仙桥，本来是去找古玩店的老卢，老卢关门了，却遇见了三角梅。说实话，卖古董的十有八九都长得像盗墓贼，而卖花的却个个面若桃花，否则怎么对得起身边那些花花草草。

面前这条铺满了三角梅的路可以称之为"三角梅之路"，或者"三角梅大道"也不为过，想来想去，还是"三角梅大道"吧。那种扑面而来的春天的感觉，是通往罗马的大路上才会有的。谁来到这里都会被三角梅的热情所淹没，条条大路通罗马，条条大路铺满了三角梅。水红色的花儿在道路两旁盛情怒放着，整个村子都被三角梅席卷了，连天边的云都被脚下的这片土地挡住了光芒。

仙桥人对三角梅的热爱到了无以复加的地步，我被他们的热情感染，动了买花的念头。在一大片花海中，看中了名片上的"三角梅"，虽然比起路边那些参天的三角梅大树，它略显娇小玲珑，却热烈奔放，好像你不带它们回家都对不住谁似的。

由于不知道对方姓名，我在电话里喊他"三角梅"：

"三角梅，你在哪？"

"美女，我在装货。"

"三角梅怎么卖？"

"没关系的，美女，拿去好了。"

一口一个"美女"，就这么客客气气开始了买卖。让人确信仙桥确实是神仙路过，路不拾遗的好地方。

他让我去他的基地看看，说基地的三角梅更便宜，因为省下了搬到三角梅大道的运费。

这一次我终于见上了"三角梅"本人，五大三粗，肤色黝黑，浑然天成的汉子，高粱地里的好身板，却种着柔情似水的花儿。

一分钟成交，一共十八盆。我的车太小，"三角梅"边数边往车里塞，可惜落了一地的花瓣。回家的路上，收到"三角梅"发我的微信，还是那么客气："美女，少拿了一盆，我微信转给你。"

"三角梅"真是大好人，"三角梅"简直就是活雷锋，他还四舍五入，原本该转我九块的，却给了十块，足足多出一块钱。我发誓从今往后遇上要买三角梅的朋友，一定推荐他。

自从种下那一车三角梅，每天，只要看见阳台上灿若星辰的三角梅都能想起金华仙桥的魁梧汉子。

隔了几天，又跑了趟仙桥，见上了比盗墓贼更像盗墓贼的老卢，又搬了一些三角梅回家。因为有了前面的老交情，原本路边十块钱的三角梅，他只收九块。

当我重返三角梅大道的时候，他还是不在。没过多久，坐着板车来了，板车上挤满了人，都是他的帮工，一群梁山好汉的模样。板车在路边急速刹车，那阵势就像武林高手云集的新龙门客栈，重出江湖的他们个个身手不凡。其中就有一位"张曼玉"，虽然黑了点，粗犷了些，少了张曼玉的婀娜身姿，但是"张曼玉"一下车就噌噌噌把我的小车子填得满满的。

终于知道"三角梅"的名字叫贵友，贵人的贵，朋友的友。

从此阳台上的三角梅也添足了贵气。

红红的，绿绿的

淘宝上订了幅窗帘。窗是飘窗，可以躺着看书，冬天还可以晒太阳。窗帘是最普通的，柳叶绿，两片长方形，按上轨道，挂上去就可以了。

师傅上门安装时兴冲冲的，好像即将在他手中诞生的是一幅伟大的作品，他很期待。他有点自豪地说如果这世界上不需要窗帘，他就没饭吃了。言下之意是这世界上少不了窗帘，少不了装窗帘的师傅。

很快，他就对我的审美产生了质疑。

他一边挂窗帘一边很负责任地批评我，怎么可以这么朴素，这么省，这个"省"是省钱的"省"。他说除了两片布一点东西都没有，连边都没，就这样有什么意思，两片长方形有什么好看的，没有了木耳边，哪里会好看？

师傅每天接触各种各样的窗帘，欣赏各种家装风格，在装修的扫尾阶段，他来了，他是来压轴的，市面上各种款式的窗帘层出不穷，不断流行，就像大街上的姑娘，越穿越漂亮，越穿越昂贵。我甚至在朋友家里见过上万元一幅的窗帘，那片昂贵的面料让我肃然起敬，有种寸土寸金的感觉，回头看看自己身上穿的，未免黯然失色。

窗帘挂上去整个屋子就亮了起来。想起小时候，窗帘还没那么讲究的年代，一片格子布，一根细铁丝，两头用螺丝拧一拧，一拉，就完成了。制作简单，不用找人帮忙，也照样很好看。

此时，两片柳叶绿的长方形就让师傅好看不起来。

颜色太素，没有图案，瞧这绿，他一边干活一边评论，要木耳边一朵一朵挂上去，垂下来，才漂亮。他向我提出了补救措施。

他双手叉腰，对自己的设计蓝图表示很满意，但他也只能是想象一下。他是热爱工作的，也热爱木耳边，看我一副无动于衷的样子，就像教小孩画画那样，要让我明白木耳边到底是怎么回事。

他爬上飘窗，耐心细致地用手比划着它们一朵一朵的样子，像个挥毫泼墨的画家一口气连画了五六朵，每一朵都线条圆满，恰到好处，如一池正在盛开的荷花，大概他这辈子见过的窗帘都是无比精致的，都是有荷花的，遇上我这样怎么也美不起来，又顽固不化的，让他感到焦虑。

所有的飘窗都有木耳边。他看着我，愣了一会儿，问我是哪里人。可能觉得我刚从哪座大山里出来。

他让我想起了邻居老刘。年近七旬的老刘从未留意过我的穿着。有一天我心血来潮穿了条红格子的连衣裙，腰上有飘带，上世纪80年代的那种。那天老刘突然就冒出一句话，这件衣裳好看，穿红色的才好看。十多年来，我大概就没穿过在他眼里认为好看的衣裳。老刘虽然不在人前说什么，但背后一定会说不好看。

老刘说，穿红色的才好看。这跟当年某同学的妈妈说的一模一样。

某同学的妈妈，只要看见穿红色的就说好看。从前我们一群同学上她家玩，她见上穿红色的就要表扬，连红鞋子也不放过，恨不得我们都是红衣少女系列，穿白色的就要批评，像我这样穿上一点点红色就土得掉渣的几乎就没在表扬之列。她还说像你们这个年龄一定要穿红色的才好看。她对我表示无比的惋惜，拉着我的手安慰我，鼓励我不妨穿上试试看，就像师傅面对两片长方形时的那种遗憾。

在妈妈的红色路线指导下，某同学从小就被红色的海洋团团包围：红鞋子，红袜子，红裤子，红衬衫，红毛衣，红棉袄，红帽子，红裙子，红背心，还有红领巾。浑身上下都是红，红红火火的，有种过年的感觉。

她的名字叫张瑞。她还有一个名字叫红红。

骑鱼记

最近，我迷上了骑小鱼。

门外边传来小鱼温柔又亲切的声音，那声音听上去很年轻，谁也不知道她长啥样，是高是矮，是胖是瘦，或许她是电脑里合成的，但她伴随着所有的小鱼出行。这种"只闻其声，不见其人"提升了小鱼的魅力，最后声音落在大地上，如水面荡开的涟漪。虽然所有的小鱼只会重复那几句——"欢迎使用小鱼电单车，请正确佩戴头盔，规范停车哦。""临时锁车成功，等您回来哦。""还车成功，请检查随身物品，欢迎下次骑行"……

那种余音绕梁的感觉，那种回旋的语气，让好多男士为之心动，为之着迷。

虽然隔了一扇门，但她同样在召唤我。

活了大半辈子，我还从没骑过电瓶车呢。在骑小鱼之前，我先是电话采访了几位有经验的朋友，开头轻描淡写闲扯几句，然后扯到小鱼上去。其中一位在电话那头告诉我挺好的，哪有不会骑的，让我大胆骑去。另一位则认为小鱼不安全，龙头太灵活，摇来晃去。

可小鱼是个好东西，它能丈量你脚下的土地，它让你像个赛车手，戴上头盔呼啸而去，像是从哪部电影里跑出来的英雄人物。虽然头盔上满是划痕，落满了灰尘，但远看效果甚佳，是童年动画片里的恐龙特级克塞号，它带你穿梭一条又一条的马路，条条大路通罗马，条条大路都停着几辆小鱼。它轻易地就能把我们带向双脚无力抵达的地方，从东边骑到西边，又从西边骑到东边，从南骑到北，从北骑到南，爱绕几圈就几圈，爱骑多远就多远，想什么时候出发就什么时候出发，还不用管充电。关键只要2块钱。它不像公交车，让你等到花儿也谢了，更不像公交车慢悠悠跟着一群脖子上挂着优待证的老头老太太晃啊晃，浑身上下充满了挫败感，毫无成就可言。只有小鱼，可以让世界在你的脚底下畅通无阻，它童叟无欺，绝对公平。

我决定骑一回。第一回是慢吞吞的，中规中矩。我选择了一条僻静的马路，像试驾一样试骑小鱼。人车稀少，仔细地扣上头盔，虽然那个头盔在我头上空空荡荡，需要填充无数海绵才能让它立住脚跟，但那是新手拉风的前提和保障。我像马拉松赛道上注定最后一名越过终点线的选手，无数选手将从我身边经过，轻轻松松将我超越，虽然那条马路上总共也没几个人，可我的想象力早就提前酝酿了画面。

几天后开始放飞自我，融入小鱼的群体。只有当你真正融入这个群体，跟上团队步伐的时候，你才会发现，小鱼的受众群体是庞大的，广泛的。天地悠悠，骑客匆匆。他们无论职业身份年龄性别，寒来暑往，披星戴月，他们中有一半戴头盔，另一半不戴头盔，当然交警上班后戴头盔的就多了。

随随便便一个红灯停下来数一数人头，你会发现小鱼在男女比例上的平衡。红灯时，他们像所有的汽车司机一样低头刷一下朋友圈，或来一段小视频。还有边骑边听音乐的，他们享受生活，享受小鱼，享受音乐。有的不用耳塞，音乐忽远忽近，飘来荡去，身体也随之晃荡，或舒缓，或激昂，小鱼也随之晃荡，像一条在鱼缸里蹦跶的小金鱼。还有一小撮边骑边打电话，开着免提，如果不是渐行渐远，我能完整记录下谈话内容。

那是一笔买卖，电话里的人和骑小鱼的人在讨价还价，骑小鱼的那位思路清晰，最后我们兵分二路，不知道买卖成交了没有。

热爱小鱼的结果就是，你随时随地都能找出一条骑小鱼的理由。出门买水果，明明水果店就在隔壁，却要舍近求远，反正有小鱼，顺便遛一圈。晚上在家闲来无事，出门散步，最后还是骑小鱼代了步。有一回我晚上十点出门散步，结果骑着小鱼玩转了整个县城，从百分百的电量骑到最后连人带车像个感叹号静止于大地上，差点把自己骑睡去。

小鱼不像共享单车，它比共享单车高级，它不需要两条腿动个不停，共享单车不方便穿裙子，不方便穿阔腿裤，共享单车怎么能跟小鱼比，小鱼可以优雅地穿着旗袍，保持挺拔的坐姿。

那些日子，我的学生是这样写我的：顾老师身穿旗袍，戴着头盔，骑一辆小鱼……

如果不戴头盔，那所有的头发都会随风笔直横飞，像《封神演义》里的雷震子。

骑到得意处，也不小心闯红灯。虽然方圆百里一辆车也没有，虽然只有我孤身一人，但我还是为自己的行为心怀愧疚，对着身后的红灯说了声对不起。

也有电量不足的时候，那天方圆数百米只有一辆小鱼，电量不到30%，它是我唯一的选项。于是就在距离终点几百米处，过马路的时候，小鱼快要咽气了，我两脚擦着地面，吊着它的最后一口仙气，送它到马路对面绕个弯的停车点，看似行为优雅，实则内心窝火，那模样就像小孩在骑摇摆车。那天实在是不好意思，一排司机等着穿旗袍的我过马路，我两脚擦着地面，他们很容忍，没一个摁喇叭。

骑小鱼的经历让我想起了一本书——《容忍与自由》，胡适先生在书中这样写道：没有容忍，就没有自由。容忍，是包容忍让；自由，是自在不受约束。胡适先生的这句话是为小鱼准备的，当你在接受小鱼自由自在的同时，就得容忍它的不完美。

比如洒水车来了，洒水车不但来了，还在同一条马路上绕来绕去，你得提前判断它的路径，它是继续绕还是改道前行。

比如骑着骑着当你觉得日子无比美好，一切都云淡风轻的时候，老天爷突降一场暴雨，那种身无片瓦，毫无遮挡的感觉，让你瞬间历尽人间沧桑。

又比如某天遇上一辆没有刹车的小鱼，虽然是小概率事件，可你差点就被这个世界抛弃，那是一辈子都难忘的经历，灵魂就要出窍了。

我是在下坡路上发现刹车失灵的，而这个时候在我的前方，非机动车道上停着一辆货车，身躯庞大的货车。机动车道上车子一辆接一辆，正值高峰期。我那亲爱的小鱼，左右刹车都已失灵，却一脸天真仍在加速。我想我快完蛋了，即便不完蛋也会撞成肉饼的，世界那么大，货车那么大，摆在我面前的小鱼那么多，而我独独选中了它，如果我七老八十也就算了，我还那么年轻，花样年华，比那位电脑合成的声音大不了多少。

最后是脚底下的鞋救了我的命，我拿鞋子拼命摩擦地面，命悬一线的时候，就靠这点阻力，在距离货车还有5米的位置，我稳稳地站住了。擦破鞋底救了自己一命。

那双鞋子到现在还珍藏着。

又比如世界上永远有那么几辆电瓶车长得像极了小鱼，不知道它们的主人当初是怎么想的，找一辆形同姐妹的坐骑回家。有一回邻居的"小鱼"停在路边，我骑上去半天找不到扫码。

和人一样，小鱼也有生物钟，有高峰，也有低谷。冬天，它迎来了漫长的冬眠，一车落叶，裂开的坐垫，干涸的海绵，小鱼像冬眠的小动物一样盼着春天的来临。6月，高考结束，小鱼迎来了狂欢的季节，狂欢的背后是无数小鱼默默的付出。那些日子出门能找到一辆贴心的小鱼是多么地不易。

　　容忍与自由，当我想起这五个字的时候，门外又响起了小鱼温柔亲切的声音，它在召唤我。自从有了小鱼，我的生活拥有了风的质感，原来看书写作累了出门走几步，现在累了出门骑小鱼，那种鱼贯而入，鱼贯而出，千里走单骑的感觉，妙不可言。

古镇

走在乌镇西栅的街上，有人把乌镇跟西塘比，说二者差不多。但是乌镇有木心，西塘没有。木心有双鹰一般的眼睛，西塘没有。

木心的眼睛很厉害，挂在"卧东怀西之堂"的墙上，那么锐利。他打量我，审视我。

他的眼睛会发问，问起对乌镇的印象。我一定不能撒谎，总不能说还好还好，让他感觉敷衍。虽然街上游人如织，但是一路上也在四处寻找跟墙上的人可能产生的对话。我在寻找拖把，那些河面上可以洗拖把的地方，我都用眼睛去丈量。在我看来，一个称之为古镇的地方，拖把是最具人文气息的表现，它比酒吧茶馆还重要。有拖把的日子才像日子，有拖把的生活才叫生活，只有一代又一代原住民的气息飘荡着的上空才是古镇该有的天空。

我有些脸红，木心家门口的梅干菜很香，高压锅哧哧哧冒着热气，好多人排队。中饭接着就是晚饭，中间让胃腾出一些地盘，容纳不断添进的食物，容纳不断涌入的人群。他们排队，吃得很满足，路过木心家的门口，在高压锅面前排队的人比进去的要少。

在乌镇，木心的美术馆和故居是最安静的两处地方。他的一堆手稿堆积在玻璃柜子里，泛着光，字如米粒，节省着每一寸天空，与目光如炬形成对比。他的读者好多还没有诞生，至于乌镇是否按照他的样子，又何必去追究，没人说得清乌镇原来是什么样子。

我明白他的目光如炬里还有着宽容。没有主义，乌镇不是安放主义的地方。

我去过的镇，渐渐都成了古镇，也许现在不是，将来会是。"古"从何来？从雕花大梁中来，还是窗棂屋檐历史文字记载中来？谁也说不明白。也许该给"古镇"下个定义，以免泛滥，这样可不可以：有拖把，有老人，有脚印，有磨损，有高压锅，有一些舍不得丢弃的东西，有一切旧生活的痕迹，并且还能继续保持着生活的痕迹，那就是。那些从古镇上被迁移出去的新一代"移民"，把古镇改造成商业街的人们，都会忐忑不安面对木心的眼睛。

这世上有两种寂寞，一种是假寂寞，一种是真寂寞。作者找不到读者是真寂寞，形单影只路人飘过的都是假寂寞；这世上有两种性情，一种是真性情，一种是假性情，真性情从不轻易流露，假性情动不动就找地方流露。

木心待的那几平米是真的寂寞。

我写林登岳的故事

我写林登岳，是2019年七八月间的事。

此时，距离老人家逝世已整整40年，40年过去了，人和事渐渐淡忘，需要浮出水面。这样的书写，既有陌生感，又有久别重逢之意。

说陌生，是关于他的资料，只有百度上的500余字，党史里也是那500字，从500字到一辈子，有些陌生，有些遥远。说久别重逢，是因为我是他的故乡人，我们从未见过面，但同为一方水土养育，有血脉相通之处。我去过他的出生地塘里村，那里的一草一木会告诉我一些信息。我更相信老人家会在冥冥中给予我一些帮助，帮助梳理打捞一生的脉络，使得看不见的被看见。

除了打捞尘封的往事，我想，文字不应该仅仅停留或满足于对往事的追悼和缅怀，如果传记仅用于复原一个人的一生，那只是关于一生的流水账。无论作者还是读者，最好都不要停留在对人物的仰视上，我想摆脱那些惯性，摆脱陈词滥调，摆脱歌颂与赞美，不夸大，不贬低，以更疏离的视角去理解历史上的人和事。我想和读者一起，重新打量那些生长在"他们"内部的，被我们渐渐遗忘的文化和精神能量。

2019年8月的一个夜晚，当我在笔记本上写下"林登岳"三个字的时候，我听见了一个人的一生在纸面上的流动，白纸黑字，静水深流。

时间将从我的笔尖，轻轻划过纸面，以秒针的速度，从1898走到1925，1926，1937，1957……最后停留在1979。我确信时间是有声音的。

而我对他一生的叩问，是从终点开始的。

2019年8月4日，林可异带我去林登岳的衣冠冢所在地。我和林可异是第一次见面，我们事先通过电话，电话里传来一个老实的声音，那声音的老实程度让你很难将一个地道的农民和一位中共早期党员联系在一起，要知道林登岳是林可异的爷爷。

衣冠冢在水碓后村，离徐英烈士墓不远，笔架山的对面，穿过茂密的竹林，就是堂坑水龙堂。墓地是祖辈花200块大洋买的，说那里风水好。墓地很简洁，以墓碑的方式，实现了一家人的团聚，林登岳和父亲林作府、母亲张氏、儿子林锦峰、儿媳张淑珠在一起。墓碑大小质地相同，不同的是，林作府的碑上有一个红十字，林登岳的是一颗五角星。

第二站，北京，八宝山革命公墓。

2019年8月26日，与林可异一同飞往北京，同行的还有县委党史办胡国标。8月28日，乘地铁1号线，到八宝山。林可异多年前曾来过这里，这回他是来带路的。可是事隔多年，八宝山墓碑林立，道路四通八达，因一场意外渐渐失去记忆的林可异，迷失在一片碑林里，像个年幼的孩子差点丢了自己。

一路上，他都将身份证交我保管，怕丢了惹麻烦。他老实本分，不多说一句话，我们走到哪，他就跟到哪，生怕因地铁的人流失散。62岁的林可异忘了好多事，但他清楚地记得，爷爷的墓地与瞿秋白相隔不远。于是我们兵分两路，胡国标一路，我和林可异一路（怕他再次被丢），以瞿秋白为中心分头寻找。最后，是胡国标找到了林登岳与夫人刘芳的合葬墓。

瞿秋白与林登岳，师生遥遥相望，如上世纪20年代上海大学的课堂。汉白玉的墓碑背面有林登岳的简介，后来经核对，多处有误，那段文字是夫人刘芳所拟。

1979年9月24日，林登岳因病去世，之后刘芳和医院发生了争执，数月后才将遗体火化，没有举行追悼会。骨灰先是存放在东特八区的骨灰堂，后来移至墓穴。墓碑上有老人家晚年的照片，看上去柔韧，慈祥，有民国的风骨。

北京的行程，除了八宝山，还有很重要的一项，就是分别走访林登岳的养子林苏平和林苏华。

林登岳一生有过三段婚姻。

与邻村塘里畈唐田妹结为夫妻，是旧式的包办婚姻，育有一子林锦峰。林锦峰1925年10月出生，唐田妹1926年去世，林登岳与林锦峰第一次见面是在1957年。

1925年，林登岳在上海地下工作期间，与一同前往上海大学学习的千如常结为夫妻，千如常是著名经济学家千家驹的姐姐，原名千如嫦，林登岳的自传里都用千如常。千如常和林登岳育有一子。1926年11月，他们同赴苏联莫斯科中山大学学习，将孩子交当地人抚养。1937年，林登岳与千如常在苏联被流放，去往不同的劳动营，千如常下落不明。1957年，林登岳回国，曾在上海登报寻儿，没有任何消息。因为千如常，千家驹对林登岳颇有想法，认为林登岳把千如常带到了苏联，却没有带回来。

第三段婚姻，是1957年林登岳从苏联回国后，经组织上安排与刘芳结婚，婚后领养了林苏平和林苏华。

从苏联回国后，林登岳曾想让林锦峰在北京生活。林锦峰是土生土长的农民，不习惯大城市的生活。林登岳留不住儿子，就让他回了老家，常汇款接济，叮嘱他要入党，多学点文化。

三段婚姻，林登岳与千如常的感情最是深厚，有志同道合，有患难与共，也有一生的亏欠和自责。对那段历史，老人家没有留下片言只字，除言简意赅的自传外，留下的手稿几乎都是学术研究，或许是将一段痛苦的回忆，永远埋在了心底。

与林苏平和林苏华的访谈，为方便日后整理，将谈话录了音。之后又与林可异、胡国标一同去了中国科学技术信息研究所，查找人事档案，找到一份1957年林登岳从苏联回来后的自传，文中提到：千如常也是1925年的党员。具体入党时间没有写，推测应当在林登岳入党之后，也就是1925年5月后。关于千如常，地方党史里是将她忽略的，除千家驹和林登岳的资料里有三两句，几乎没有她的内容。

1957年的自传，1800余字，语气平淡，行文低调，对所处的困境，劳动营，流放北极圈等，一笔带过。

北京的最后一站，是西城区阜外大街6号楼，那是从前的单位宿舍楼，2单元113室是林登岳生前住过的地方。

老人家晚年喜欢种一些花草，种过无花果，也养过牡丹和芍药，后来它们的命运，都是在1966—1976年间被砸烂。不但花被砸，人也险些被砸。不幸中的万幸，是妻子刘芳，为晚年的林登岳换回一些平安。每到批斗的时候，刘芳就如天兵天将般降临，她只要说"老林，走，咱们回家"，就没有人敢动她一根汗毛。刘芳是孤儿，父母均被日军所杀，耿直泼辣的她，大踏步走上台就将丈夫领回了家。

宿舍楼的院子里，有一株高大的望春玉兰，我将其中一串玛瑙般的玉籽装进了行李箱，也将这串玉籽写进了传记。

没想到北京之行，为数月后塘里村建林登岳纪念馆埋下了伏笔。

2019年11月26日，塘里村书记唐宗平、文书林华喜，县委党史办胡国标来到北京，从林苏华手中接过两个旧式的大皮箱，里面有手稿和资料照片等，后来这些遗物都保存在塘里村的林登岳纪念馆。

苏平大哥，不但捐出了珍藏多年的遗物，还为我们送上了新年的礼物。

那年冬天，临近春节，接到林可异电话，让我去他家里领北京烤鸭。是林苏平从北京寄来的，满满一大箱，他让林可异给我们一人两份，我、胡国标、林华喜、唐宗平……凡是见过面的家乡人都有。我像领单位年终福利那样，领回了千里迢迢来到武义的烤鸭。

想起在北京的时候，苏平还叮嘱我们将来若去北京，就住他家，不用住宾馆。当时我的心里还咯噔了一下，都什么年代了，谁还会不住宾馆住家里呢。后来想想，这实在是最高规格的礼遇，苏平大哥是把我们当家里人看待了。他老实本分，不会说体面的话，每天在北京的大街小巷穿梭，踩三轮送货，一箱烤鸭得是他多少天的收入。

那年冬天的烤鸭，是最好吃的。

2019年9月10日，去上海大学，继续查找资料。

今非昔比，上世纪20年代的上海大学，是传播马克思主义，为中国革命培养大批英才的红色学府，于右任、邵力子、瞿秋白、邓中夏、陈望道、蔡和森、恽代英等都曾在上海大学任职任教。"文有上大，武有黄浦"，上海大学是林登岳一生中重要的转折点，没有上海大学，就没有后来参加五卅运动，以及莫斯科中山大学的经历。

上海大学宝山校区建有溯园纪念墙，相当于一个室外的展览馆，墙上师生名录里有林登岳的名字，还有一份1925年9月3日《民国日报》的影印件，上海大学录取新生名单一栏里，有"林登岳"三个字。每当在浩瀚的资料里翻到"林登岳"的时候，都是满心的欢喜，虽然有时候只是一句话，一个名字，也有久别重逢之感。

溯园纪念墙，上海大学博物馆，还有上海大学出版社出版的《20世纪20年代的上海大学》，为传记提供了丰富翔实的内容。

现在想回去，我对林登岳一生的寻踪，相当于倒叙，是从终点到起点的访问。在上海大学之前，还有杭州的之江大学，也是他曾经求学的地方。之江大学，有杭州出版社出版的《之江大学史》，还有浙江省档案馆保存的民国之江大学资料。在浙江省档案馆的查阅如同大海捞针，有些资料因年代久远已是一片烂纸头，虽然戴着手套，一天翻下来，还是双手发痒。若有螨虫，也是民国的。

2020年1月13日，寻访之江大学旧址。1月14日—15日，浙江省档案馆查档。几天后，就传来了新冠疫情暴发的消息。

纵观林登岳的一生，如一列北上的火车，从家乡武义，到杭州，到上海，到莫斯科，到北极圈，最后风尘仆仆到达北京。我想沿着他的人生轨迹，走一回。但莫斯科和北极圈，始终困扰着我，没有去，又该如何提笔。当写到这个篇章的时候，无论在键盘上敲打出什么样的字，都觉得摆在面前的是一团迷雾。

有很长一段时间，我都在被中断的命运中辗转难安。

在旧书网上反复寻找与莫斯科中山大学有关的书籍。其中孙耀文的《风雨五载——莫斯科中山大学始末》提供了线索，书中提到了另一本书，那是唐有章老先生口述的《革命与流放》。这大概就是命运的安排，或是冥冥中的相助，因为林登岳，我读到了唐有章的一生，因为唐有章，让我找到了林登岳被中断的命运。他们曾经在同一个劳动营，《革命与流放》中多次提到林登岳的名字。

假如没有唐有章，林登岳的传记只是一部断章。莎翁曾经说过，只有在黑暗中才能使人产生对光明的向往。林登岳，唐有章，他们孤单有时，绝望有时，哀伤有时，虚无有时。好在，一直都没有被磨蚀和损伤的，是对光明的向往，只有这样，才能在北极圈劳动营活了下来，不被冻死，不被压垮。他们，一个选择将一生深埋，另一个将一辈子一页一页翻给我看。

往事如烟，往事又并不如烟。历史总会以某种方式，向我转过身来，让我看见，让我触摸，让我对过去的时代，过去的生活，建立一种真实的感觉。

2019年11月6日凌晨，完成传记初稿。

也许有读者读完林登岳的一生会觉得遗憾，认为他的一生不够辉煌，不够壮烈，因为我没有把他当成英雄来塑造。这跟个人喜好有关，我不喜欢"塑造"这两个字。在武义早期党员里，林登岳入党时间最早，在国外漂泊时间最长，他一生坎坷，忍辱负重；他光明磊落，豁达坦荡；他浅白如溪，又深邃如海；他说真话，因说真话，身陷囹圄。一个说真话的人，是不愿意被夸大其词的。

钩月微落，众山沉默。

他微微笑着，相片上的他，慈祥，柔韧，有风骨。